还能在一起多久

写给亲人的最深沉的爱与愧疚

唐七公子 浅白色 王臣 等著

能
还起
在一
多久

湖南文艺出版社
HUNAN LITERATURE AND ART PUBLISHING HOUSE

博集天卷
CS-BOOKY

图书在版编目（ＣＩＰ）数据

还能在一起多久 / 唐七公子等著. — 长沙：湖南文艺出版社，2013.9
ISBN 978-7-5404-6372-4

Ⅰ.①还… Ⅱ.①唐… Ⅲ.①短篇小说 – 小说集 – 中国 – 当代 Ⅳ.①I247.7

中国版本图书馆CIP数据核字(2013)第192623号

上架建议：小说 | 作品集

还能在一起多久

作　　者：唐七公子 等
出 版 人：刘清华
责任编辑：薛　健　刘诗哲
监　　制：蔡明菲　潘　良
特约策划：邢越超
特约编辑：温雅卿
营销编辑：刘碧思
装帧设计：嫁衣工舍
图片绘制：肥　志
内文设计：利　锐
出版发行：湖南文艺出版社
　　　　　（长沙市雨花区东二环一段508号　邮编：410014）
网　　址：www.hnwy.net
印　　刷：北京缤索印刷有限公司
经　　销：新华书店
开　　本：880mm×1270mm　1/32
字　　数：190千字
印　　张：8
版　　次：2013年9月第1版
印　　次：2013年9月第1次印刷
书　　号：ISBN 978-7-5404-6372-4
定　　价：32.80 元

（若有质量问题，请致电质量监督电话：010-84409925）

还能在一起多久

目录
CONTENTS

Part 1
念想

眼泪，
从来都很容易
被一种叫作『家』的
东西引出来

唐七公子

她临终时，我终究没来得及赶上再见她一面。涕泪床前时，母亲说，好在她走时没有遭受太多。我们希望她能够去到那个她坚信存在的极乐世界。

如今我依然经常梦到她，总是一贯慈祥的模样，站在离我不远的地方，笑眯眯地看着我。

我希望她能永远这样看着我。

青衫落拓

没有什么回得去了，曾经的情感，过去的时光。

我们只能接受追悔的折磨，接受这样永远的暌违。

随着亲人永别，人生的某一处缺口悄然扩大。所谓成长，也许就是接受越来越多的缺失。

自由极光

我在黑暗中，面对庞大而倔强的黑暗，忽然被焦灼的空虚感击中。

我知道我还想念她，一个冷不防，就丢盔卸甲无处可逃。

我在万家灯火中抱紧了自己，终于放声大哭。

距离她离开，刚好两年整。

凌草夏

不知道从什么时候开始，我变得不再那么愿意和人常联系。再亲的人，好像都只活在我的记忆里。外婆的手机号码，是外婆去世前一年生病后办的，直到外婆去世，我都没有打过一次。

外婆去世后一年的深夜，我从电话簿里看到这个号码，拨打过去，提示已关机。

我才明白，有很多事情，当年没做，以后就永远没有机会了。

我才明白，我妈妈说的："从此以后，我再也没有妈妈了。"

目录
CONTENTS

Part 2
珍惜

我们
不擅表达，
但这些文字
想送给
你看

浅白色

天下父母都期望自己的孩子有所成就，而我偏偏从未有过
什么宏图大志。
我只希望能成为一个自己所爱的人都需要的人，而最幸运
的是，我的父母从未因而失望。
他们欣然接受我从小到大所做过的每一件半途而废的事，
并愿意相信为了过得开心无论做什么都值得。
虽然，这不科学。

王臣

人心柔软，注定一世将为感情所累。
各种感情。因之喜，因之悲。因之欢，因之伤。因之寂
静，因之喧嚣。因之离合，因之散聚。
他相信，世间所有相遇都是久别重逢，世间所有别离都是
再会有期。

云狐不喜

他们从来不说，但是日日夜夜都在牵挂我。
父母犹在，我却远游。
甚至于他们珍爱的那株茉莉，都不是我亲手种下，送给他
们的。

目录
CONTENTS

时光流逝间，爸爸的头发已经满是花白，妈妈眼角的皱纹又多添了几条，我一注意到便紧张不已。我开始买大量的化妆品给母亲，想留住她的美丽；我开始陪父亲散步，想排解他对生活的焦躁苦闷。

可我能陪伴他们的时间太少太少，我能改变的东西也是少之又少。

在岁月面前，人的力量总是显得过于卑微。

力不从心，这就是苍老。

以为迈出了一大步，结果落到地上，是那么一点点距离；以为腿抬得很高，其实也不过离地面一点点。

每个人都会老去，如果我们觉得自己面对生活很硬气，那只能说明我们还年轻。

某个冬夜想起
某一瞬间忘记
或许相聚
或许别离
温暖的，忧伤的
印迹
曲折深浅
向远而去

PART I
念想

眼泪，从来都很容易被一种叫作
"家"的东西引出来

她就站在离我不远的地方

文/唐七公子

作者简介：

85后，当下最热门的言情作家，单行本行销十万册以上。

代表作：《三生三世枕上书》《三生三世十里桃花》《华胥引》

　　她临终时，我终究没来得及赶上再见她一面。涕泪床前时，母亲说，好在她走时没有遭受太多。我们希望她能够去到那个她坚信存在的极乐世界。

　　如今我依然经常梦到她，总是一贯慈祥的模样，站在离我不远的地方，笑眯眯地看着我。

　　我希望她能永远这样看着我。

　　从小到大，我的学习成绩都算不错，这让我父母截至我写这篇稿子为止，一直误以为我挺聪明来着，并且从不干傻事。这是他们的一个美好愿景，因为其实小时候我干过不少傻事，只是不说出来让他们晓得，况且那时候根本不晓得自己干的是傻事，之所以没有表现出我的傻劲儿来，多亏了曾祖母提醒。

　　长大后我仍然经常干傻事，但这时候就懂得分辨这件事情傻还是不傻，以及傻的程度了，当然更不会主动说给父母晓得。说到底，我不想颠覆他们对我的美好假设，怕他们承受不住我其实不聪明的打击，这也是一种孝顺。

犯傻的童年

有人说，不犯傻的人没有青春；又有人说，常犯傻的人靠不住。这让绝大多数的朋友感到十分矛盾并且纠结，因为谁也不想承认自己没有青春，同时，谁也不想让别人觉得自己靠不住。每当这种时候，我就非常感谢我的曾祖母。在她的帮助下，我在童年干了起码一箩筐傻事，这证明我有非常丰富的青春，同时，她将我每一次的犯傻经历都完美地进行了掩饰，又让大多数人觉得我聪明且靠得住。

民间故事总要从有一次开始，曾祖母教我如何犯傻的故事细究其类属，因为在人民内部发生，我觉得要划分在民间故事中。

那一次究竟是在何年何月甚至在何地已无从可考，印象是我的年纪不超过五岁，和曾祖母并排站在一座假山跟前，展开了一场具有自然科学启蒙教育意义的对话。我应该是用自己有限的语言对这座漂亮而巨大的假山进行了赞美，然后曾祖母叹息着说："一座假山，要从小假山苗子长成这么大一座，起码要给它浇水浇个六七年吧。"我当时充满了震惊，难以置信地问："这种假山，都是浇水浇大的？"曾祖母意味深长地笑了："不，有些是天然的，有些是工匠凿的，还有一种特别稀有的，长到一定的年纪，就会生下小假山苗子，可以养成大假山。我过几天托人买个苗子给你养养看。"

没几天，曾祖母果然送给我一座小假山，让我养在一个比汤盆略大的小浅钵里。她告诉我，别人问起这件事时切记不要告诉他们，因为假山苗子能长成大假山这事没多少人知道，若他们非问我为什么把这个摆在桌子上，就说觉得它好看。

要知道我小时候一直是个听话的孩子，极虔诚地接过这件礼物，并且由衷地感激曾祖母将她送给我。此后，我的人生中有三四年时间都在发愁，小假山长大了，我该把它安放在什么地方呢。这是我童年时很重要的一大忧虑。

前一阵清明时，回家为曾祖母扫墓，我问母亲还记不记得我小时候很宝贝一盆假山。母亲说是，那时候你可喜欢它，放在窗台上，每天起床第一件事就是去看它，我们都奇怪你为什么那么喜欢，今天也看明天也看，不都长一个样吗？我心中长叹，你们自然不会明白，我每天看它一遍，是为了观察它和昨天相比有没有长得更大一点。当然，我一辈子都不打算告诉他们。

我高一末分班时选了文科，班主任很不理解，找我谈话，说你的理科成绩明明和文科差不多，读理科会更有前途，为什么非要去读文科？我心中其实想的是，您看我这种直到上小学三年级还相信小假山能长成大假山的，是学自然科学的料吗？但是我觉得做人不能自暴其短，让她知道我那么傻，于是斩钉截铁地告诉她，我这么选，完全是出于对文学的热爱，我的梦想就是成为一位勤勤恳恳的文字工作者。直到大学毕业后，我果然成为一个勤勤恳恳的、经常加班的文字工作者，天天淹没在各类文件的海洋中，真是穿越回去抽当时的我一耳光再在她脸上踩一脚的心

都有。

我小时候还有另一个信念，就是坚信婴儿生下来就会爬树。这也来源于曾祖母的启蒙。她告诉我，我在一家医院出生后，护士将我抱走，但我很想见一见把我生下来的妈妈，怎么办呢，于是我趁护士们不留意的时候从婴儿床上爬了下来。爬啊爬，爬啊爬，但是妈妈的产房在三楼，于是我想了一个办法，爬上了产房旁边的一棵树，因此我见到了我的妈妈。

我当时其实已经有些懂事且记事，只是可能智商上有一定的硬伤，毫无疑问，这个故事我又信了，唯一有所疑惑的是为何作为婴儿的我会爬树，作为上幼儿园的我就不会爬树了呢。在成长的道路上，我是什么时候将爬树这个重要功能给遗失了呢。为此我一度十分沮丧，差点没哭出来。幸亏我小时候也是一个讷于言辞的孩子，不爱轻易将自己习得的知识同他人分享，才免于因这一条犯傻的信念而暴露智商。

曾祖母爱同我玩耍，因我是她的第一个曾孙。我带给她四代同堂的喜悦，她带给我一个经常犯傻但回忆起来乐趣无穷的童年。

做个善良的人

　　曾祖母是位信徒，虔信佛教。若单说信佛，我奶奶和姥姥也信，但只是逢年过节去庙中烧香吃斋的程度，曾祖母却是皈依之人。据说我出生前，她便受深山中某位禅师点化为徒，只是身体不好，在家带发修行。

　　的确，每年春夏两季，气候好时，曾祖母会去那座寺庙住上一阵，为示虔诚，每次都是步行而去，步行而回，那时她已是六七十岁的高龄。去时会带一些自己用碎布绣的漂亮蒲团，说是将供在佛前，供朝拜之人行跪礼时用。回时会带些复刻的经书，薄薄小小的一本，打开有扑面而来的油墨味。即使在家，也参照正经礼佛之人的全套标准，吃长素，念经打坐，做早课晚课。

我小学不知几年级时，暂且说是高年级吧，有一个想法，因为那时我看由金庸的武侠小说改编的电视剧，每逢有和尚出现时，他们总爱说一句"出家人不打诳语"。出于对知识的热爱，我查阅出来"出家人不打诳语"的意思，开始对曾祖母皈依佛门却没住到佛门有了一丝不同看法。我跟父亲说，因为曾祖母经常骗我，违反了"出家人不打诳语"这一条守则，所以佛门不要她，她只能在家修行。我那时空有怀疑精神，却过于直言不讳，

当然我一辈子都不打算告诉他们。

不懂得说话的艺术，因为这话涉嫌不尊敬长辈，因此不仅没得到我爸的支持，反而被他骂了一顿。

说回曾祖母，因曾祖母礼佛，我小时候听过不少例如佛陀舍身饲虎、蚂蚁成字报恩之类的故事。我觉得她最大的一点好处就是，她给我讲故事，就只是讲故事，绝没有试图启发我一些道理，从而触发我的反叛心理。幼儿园的老师也给我们讲故事，比如长鼻子木偶的故事，末了就会对我们说，小朋友们，你们一定要诚实，不然就会长出长鼻子哟。出于对长鼻子的畏惧，我们自然都不敢说谎话，似乎显得很诚实，后来我长大了，觉得这简直就是一种恐吓，给我造成了童年阴影。

曾祖母给我讲蚂蚁成字报恩的故事，说从前有一个书生，赶路时见到有蚂蚁掉进河沟里，奋力挣扎，模样可怜，于是救了蚂蚁一命。后来书生考科举，试卷上有个字少写了一点，考官阅卷时，那一点的位置突然出现一只蚂蚁，完美地弥补了这个错字，书生才没有因写错别字而考不中进士。我问曾祖母，那就是你平时走路连只蚂蚁也舍不得踩死的原因吗？她说，我是一条命，它们也是一条命，在这点上，我和蚂蚁是没有不同的。

这个故事对我有两点启发，一是万物有灵，我们要和大自然和谐相处。二是要成为一个善良的人：你对这个世界善良，这个世界就会对你善良。

当然，鉴于幼儿园时我的领悟水平有限，当时不可能悟出这么系统的道理，这些都是长大后回忆曾祖母讲给我这些故事的一些感悟。我小的时候想得就很简单了，只是觉我要做个善良的人，为什么呢，因为善良有好处，虽然曾祖母没有像老师恐吓我们一样，告诉我一些不善良就会降到我头上的灾难，但是比起不善良来，为了得到为善的好处，我还是更倾向做个善良的人。因此，每逢有男生玩往蚂蚁洞里灌水的游戏时，我都会上前制止，久而久之成了一个很不受男生欢迎的人，但也救了不少蚂蚁，虽然没有一次在我考试时它们像帮那位书生一样帮助我。但小时候我总是坚信在未来的某一天，它们会想起我对它们的恩情来，并且为没有报答我而感到羞愧并且自我反省。

这说明，我从小就相信动物有意识，会思考，有感情。我小学时的自然老师本着认真教学的态度，想让我们相信动物是没有思想的。我表面上装得很相信，但内心的信念坚不可摧。幸好这种信念没有摧毁，上大学时看完阿尔茨特的《动物有意识吗》这本书，我才没有世界观崩溃。

说起来，其实那时起直到现在，跨越童年少年，我早已知蚂蚁报恩只是虚构故事罢了，却不知为何，仍然笃信善恶的果报。要说这是曾祖母努力想要灌输给我的知识，我觉得连她自己也不这么认为。如果她知道我如今的种种想法，一定会惊讶，并且会在心中想我是棵信佛的苗子，但我知道她永远不会说出来，这不在于她已经故去，而是她永远不会要求我去做某一种人或做某一件事。

她希望，但她不要求，不会成天在我耳边唠叨，这是老人的智慧。其实，我心里知道她想要我——这个她最亲近的曾孙——成为一个慈悲而善良的人。我还没有到那样的境界成为一个慈悲的人，但姑且长成了一个善良的人。

曾祖母故去时94岁。那时我在外地工作，她临终前一星期，我回家探望她。那时她已不能说话，我在她床前守了很久，但终有一别，她握住我的手，久久不愿放开，苍老的眼睛里流出泪水，仿佛已经预见这将是我们最后一次见面，她能在这个人世看我最后一眼。

她临终时，我终究没来得及赶上再见她一面。涕泪床前时，母亲说，好在她走时没有遭受太多。我们希望她能够去到那个她坚信存在的极乐世界。

如今我依然经常梦到她，总是一贯慈祥的模样，站在离我不远的地方，笑眯眯地看着我。

我希望她能永远这样看着我。

我的曾祖母，我怀念她，想起她时，快乐大于忧伤。

至少我们还有彼此

文/青衫落拓

作者简介：

AB型魔羯座。白天上班，晚上码字消遣，写小言情，无大追求。

代表作：《谁在时间的彼岸》

没有什么回得去了，曾经的情感，过去的时光。

我们只能接受追悔的折磨，接受这样永远的睽违。

随着亲人永别，人生的某一处缺口悄然扩大。所谓成长，也许就是接受越来越多的缺失。

最初那里只是一座无名小山，远离市区，后来辟为公墓山，成为本地人心目中与死亡、逝者画等号的位置。

父亲工作很忙，经常出差。从记事起，每逢清明时节，妈妈会带我转两趟公共汽车，再搭上间隔时间很长才会有一趟的中巴，去为在她八岁时就病逝的母亲扫墓。

我一直当那是郊游。

经过阴冷的漫长一冬、阴晴不定的早春时节之后，天气开始确定无疑地转暖。脱去厚重冬装，身体变得轻盈，空气中浮动着草木生长的气息，桃花已谢，油菜花正黄，沿途的稻田青翠一片，偶尔还能看到农民以最古老的方式牵着牛犁地。对于城市长大的孩子来讲，再长的路途辗转都觉得有趣，不管上山道路多么泥泞，都不以为苦。

孩子对于死亡没有概念，墓地给我留下的印象也并不凄凉。

最初那里是简陋的，坟茔杂乱，有些坟头荒草丛生，石碑半斜，道路弯曲，而且会出其不意的突然消失，让你不知道往哪个方向走才好。蜂拥而来的扫墓人加上趁那几天做香烛、纸钱生意的小贩，使整个场面有点赶集的喧闹，再加上鞭炮不时轰然响起，硝烟与香火气息缭绕，这里竟充满着人世气息。

当然有人哀痛、哭号。我甚至看到过一个用头撞击墓碑的男人，发出脆而不祥的一声响，顿时吓得呆住，直到妈妈把我拉走，还忍不住回头。那人被他的亲友死死抱住，仍旧徒劳挣扎，两眼血红。我从来没见过一个人脸上有如此痛楚纠结的表情，问妈妈：他为什么会那样？

妈妈淡淡地说：大概是难受吧。

为什么会难受？

因为再也见不到某个人了。妈妈有些不耐烦地回答，我知趣地闭了嘴。

这里竟充满着人世气息。

　　其他大部分集中在那几天来祭拜的人看上去并没有多少悲哀，他们擦干净墓碑，点上香烛，磕头，烧纸钱，燃放鞭炮，同时谈笑风生，还有人带来点心、水果和各式卤菜，开始围坐野餐。

　　妈妈说不上悲痛，至少我没看到过她落泪，但她也没有任何轻松的表情。

　　完成扫墓程序后，她心情多半仍旧不好。我问起从未谋面的外婆，她的回答十分简略、敷衍，偶尔还会暴躁起来。

　　后来我长大一点，终于意识到，对于一个八岁女孩和她五岁的弟弟来讲，早逝的母亲大概并没有留下多少记忆。更何况外公

不久就续娶，然后又生下一个男孩，占据妈妈童年更多的应该是那位继母。

谈到继母，妈妈倒是很公平的："她并不凶，从来没虐待过我和你大舅舅。至于偏心你的小舅舅——疼爱自己亲生的孩子，那也是人之常情。再说，她一生真没享多少福，到66岁时就去世了。"

妈妈偶尔还讲起继母的趣事："……把她的一件旧毛衣拆了，给我和你大舅舅各织了一件背心。不管哪个亲戚来了，都会拖我们出来，撩起外衣给他们看，证明她多么贤惠持家，待我们多好，直到背心绷在我们身上再也不能穿了。"妈妈停一下，叹一口气，"不过，嫁到已经有两个孩子、全靠你外公一人的工资养家的家庭不容易，她确实很会持家。"

所以妈妈带我扫墓烧纸，会给墓地在不远处的继母也烧上一份。对我来说，她是个白皙的老太太，未语先笑，是不是亲外婆倒也没什么关系，更何况，我从小就喜欢性格活泼的小舅舅。

公墓山上新添了外公的坟墓之后，我开始抗拒清明扫墓这件事。妈妈叫过我几次，我都推辞拒绝，她一抱怨，我便暴躁起来，她立刻噤声。

我的内心是愧疚的。

到了某一个阶段，父母突然不再是子女心目中的权威和世界的中心。他们的一颦一笑，不会再让子女害怕或者开心；他们提出要求时，变得多少有些小心翼翼；他们做出判断时，语气不再肯定……从前的依赖关系突然颠倒过来，意识到这一点，对于我来说，并不好受：父母老了，而我肩上的责任重了，再不可能如年少时不管不顾，背后总有坚实臂膀支撑；我的轻狂与言辞尖刻、动辄不耐烦，其实多半来自于承受的压力之下的惶恐。

妈妈不知道的是，我在外公去世的那年冬天，一个人去了公墓山。

荒山寂寂，寒风呼啸着扑面而来，刮得人睁不开眼睛。公墓山经过这些年整修，已经不复以前的杂乱无序，格式统一的墓地与石碑密集排列，看上去分外压抑。我迷失在一大片看上去完全一样的碑林之中，转来转去，找不到外公的墓地，于是坐倒在一块墓碑边，捂着脸哭了起来。

外公与小舅舅一家住在长江对岸的一个重工业区的老式宿舍里。他是位亲切和气的老人，衣着整洁，做着一份技术工作，晚饭喜欢喝点小酒。他会做一手木工活，上班之余，敲敲打打，可以做出漂亮的衣柜与五斗橱。在家具制作没有量产的年代里，他靠这门手艺赚了不少外快。

我没有与他共同生活的经历，一年只见数面，本不该伤心至此。

但是，他死于肝癌，从确诊到病逝只半年时间，当时只72岁。

大舅舅在外地工作，只能匆匆回来看望，再匆匆离开。而妈妈与小舅舅为治疗方案产生了严重分歧，妈妈主张开刀，积极治疗，尽一切努力争取延长父亲的寿命。小舅舅认为既然得了绝

症，没必要白白花钱。姐弟两人争执起来，不知不觉便翻老账，情绪异常激动，讲话也越来越决绝。

我爸爸谨慎地将自己划归外人，不肯多发表意见。我原本对他们姐弟之间的争执不解，可是，妈妈头一次对着我落泪了：我记得我妈妈去世的样子，最后几个月，她的脸都变形了。那时候，你外公收入不算低，可有老人需赡养，有乡下亲戚要接济，负担很重。她心疼钱，不肯看病，就是硬扛着，如果能够好好治疗，她不至于走那么早。

我知道妈妈心里的隐痛，握住她的手：我会跟你一起好好照顾外公的。

小舅妈不凉不热地说她工作很忙，又要照顾女儿，愿意尽孝，但实在有心无力。如果坚持治疗，必须讲清楚怎么看护，怎么出钱。我愤怒了，再不能忍受小舅舅反复挂在嘴边的那些话：反正都是一个死，何必受罪又花钱；我受不了那个拖累；很多好药不在医保范围……

小舅舅说我还不懂事，不该插手长辈的事情。我反唇相讥：我至少懂得亲人之间不该计较金钱，留着你的钱好了，但愿你过得安心。

　　妈妈将外公转到我家附近的医院治疗，由她日夜照顾。我天天下班后去探视，接手照顾，让妈妈能休息一会儿。这半年对于我们家每一个人来讲，都是一个备受折磨的过程，慢慢消磨殆尽的远远不只是耐心。

　　外公先是接受了外科手术，切除癌变部位。但医生告诉我们，已经出现转移扩散。他再转到放射科化疗，身体极度虚弱，始终徘徊在死亡边缘。而妈妈日渐憔悴，无心照顾家庭，且数次血压飙升；爸爸心疼之余，多少是有微词的。

　　妈妈支撑不住去休息了，我守在病床边看书打发时间，但看不进去。外公已经发展到必须定时用吗啡镇痛的地步，看着他躺在那里，瘦小、衰弱、器官衰退，奄奄一息，我突然起了一个可怕的念头：享受不到乐趣的生存有什么价值；如此痛苦地坚持，意义又在哪里。

　　我被吓到了，这想法与我鄙弃的小舅舅又有多大差别。我试图为自己辩护：毕竟我从来没有心疼过钱，只是觉得外公太痛苦。

　　可是，你跟你的小舅舅一样希望他尽快离开，让你们能解脱。

　　不不不，我只是对生命的意义有了疑问，不是失去了耐心与孝心。

在我跟自我作战时，外公睁开了眼睛，茫然看向四周，目光落到我身上，我问他：是不是想喝水。他摇头，似乎有短暂的神志清晰，微弱地叹息：老话说，七十三，八十四，阎王不叫自己去，我毕竟是熬不过这一关了。

我急忙大声说：不会的，不许乱讲，医生说这次化疗效果不错。

他仍旧摇头，却勉强笑：嗯，那就好。

外公在长达五天失去神志的弥留之后离开了，接到电话，小舅舅才头一次赶了过来。

我已经没有了任何愤怒、悲伤和自责的情绪，扶住哭倒在地的妈妈，麻木地想：嗬，解脱了。

但这根本不是什么放下重负的解脱。

大舅舅从外地回来奔丧，先是与小舅舅一起指责我妈妈让他们的父亲经受了不必要的折磨，之后又与小舅舅为父亲该与哪一任妻子葬得更近一些以及房产处理有了激烈争执。在外公一个堂兄的调解下，才算达成妥协。

我已经没有了任何愤怒、悲伤和自责的情绪，扶住哭倒在地的妈妈，麻木地想：嗬，解脱了。

但这根本不是什么放下重负的解脱。

妈妈早已心力交瘁，没有任何辩解，也没有参与争吵，回家之后大病住院，病好之后，长时间失眠，郁郁寡欢，与大舅舅只有极少的电话联系，与小舅舅再无来往。

亲人之间疏远至此，妈妈日渐沉默。

爸爸生气地责备我：如果不是你支持，你妈妈不至于接手照顾外公，落个吃力不讨好的下场。

很难说选择在冬天独自去公墓山是不是一种自责后的自虐。

铅色云层积压得大半个天空暗沉下来，落叶纷飞，万物肃杀。一个人纵然积蓄了再多的悲哀，在这死者安息之地，也显得微不足道。

擦干眼泪，我发现身边的墓碑属于我的一位同龄人。但她的生命在26岁时终止，墓碑上除了生卒日期，还刻着：生如夏花之绚烂，死如秋叶之静美，父母泣立。上方镶嵌着照片，是位长发女孩，秀丽的面孔含笑对着我。

我一时恍惚。

生命何其脆弱，所谓夏花，所谓秋叶，皆是对生者虚妄的安慰。譬如朝露，一旦寂灭，去日苦多。

向来相送人，各自还其家。亲戚或余悲，他人亦已歌。

生活还是在继续，再深重的悲痛也会慢慢放下。

我只是从此失去了将扫墓当成郊游的好心情。

我害怕死亡那张冰冷的面孔，以及它慢慢降临时带来的漫长折磨。

又到一年清明时节，父亲的脚不慎扭了，暂时无法行走。妈妈默默做着独自去扫墓的准备，我照例不吭声，可是看着她不复灵便的走路姿势，我再无法沉默下去，突然说：我开车送你吧。

她有些意外，掩饰着开心，忙不迭地点头：好啊好啊。

四年过去，通往公墓山的道路已经被漆黑并拓宽，路旁整齐的意杨披上新绿，看上去赏心悦目。细雨如丝，时下时停。

妈妈感叹：时间过得真快。

是的，时间过得真快，四年时间，一去无痕。记起年少时被妈妈牵着，同样走在这条路上的情景，更是恍如隔了几世。

接近公墓山时，车流增大，缓缓驶近。我诧异，眼前高高的石阶通上去，一座汉白玉门楼耸立着：居然修得如此气派。妈妈告诉我：里面也全都修整过，现在里面不让放鞭炮，看上去安静庄严了很多。

其实墓园内的气氛仍旧说不上多肃穆，来祭祀的人实在太多，熙熙攘攘如同闹市。妈妈顺利找到外公外婆的墓地，擦拭干净墓碑，拔除杂草，奉上鲜花，默默祝祷，然后带我去她继母那边，一边说：不管怎么样，她也把我和你大舅舅带大了，供我们上了学。

我当然没有意见，随她走过去。这一次，我无心发问，她却

譬如朝露，一旦寂灭，去日苦多。

主动回忆起往事：

我长得像你外公，你大舅舅据说长得像你亲外婆。我其实真记不清生母的样子了，倒是把继母记得很清楚。

继母这个人算得上大度了，我偷拿你小舅舅的麦乳精，冲了给你大舅舅喝了。她明明看到，既没骂我，也没告诉外公，只是把东西换了个地方藏起来。

继母当成这样，完全称得上贤淑了。

你小舅舅小时候跟我们是很亲近的，总央求我们带他出去玩。我们捉弄他，他也不生气，更不会去告状。

我散漫地应着，不由自主地想起当年看到的那个死于26岁的女孩。

这几年墓园飞速扩展，我不太可能再找到那块记不清编号的墓碑了，不知道她的家人是否还会来看望她？应该会吧，做父母的怎么可能忘掉早逝的女儿。

妈妈在一块墓碑前猛然停住脚步，我问她：怎么了，我记得前面那块才是外婆的啊。

她讲不出话来，把我的手抓得很牢。我顺她的视线看去，墓碑很新，上面刻着的名字是我熟悉的，那是我的小舅舅。我同样惊呆：他的名字这么普通，同名同姓的应该很多。

母亲摇头：当年他跟你大舅舅吵架时说过，他已经买下他妈妈旁边的墓地，预备安葬你外公的……

说到这里，她软软地瘫倒。

我扶母亲坐下，细看墓碑上刻的字：名字，属于小舅舅；生日，是他的，死于四个月前；立碑人是小舅妈和表妹。

我的心一下凉透了，茫然地说：但是，他才刚47岁。

妈妈突然号哭出声：怎么会这样，再恨我，也应该通知我一声啊。

我扶着妈妈下山，开车直奔江对岸的小舅舅家。四年没有来过，面对大规模改造的城区和新竖起的楼房，我竟然迷路了，还是妈妈强撑着辨认方向，指引我找到宿舍楼下。

我用力敲门，来开门的是20岁的表妹。她表情冷漠：是的，死了。四个月前。医生说是心脏病突发。你们想怎么样？怪我家里没照顾好他吗？

我正要说话，妈妈已经哭得晕倒。表妹跟我一起扶住她，终于也哭了，一边叫着姑妈。

闻讯赶回来的小舅妈与她们哭成一团，我只能麻木、呆滞地站在一旁。

身体看上去异常强壮健康、正当盛年的小舅舅，竟然就这样突然走了。

……

他一直不开心，总说落得众叛亲离；

他说，亲戚都在背地里议论他；

直到死亡突如其来，最终将我们隔开。

他喝酒喝得很凶，烟瘾也比从前大，我们劝不住他；

当年他妈妈病了两三年才走，你和哥哥毕竟不是亲生的，他也不愿意麻烦你们，我们伺候得很辛苦，他实在是怕了；

他走得倒是快，说胸口不舒服，站起来就倒下了，还没送到医院就……

丧事是单位同事帮忙料理的，我确实是赌着一口气，不想通知你们；

过后我就后悔了，赌这种气，有什么意思；

他一直记挂着你和哥哥，我提不起勇气再跟你们打电话；

我昨天也去墓地看他了，大哭了一场；

好在他陪在他妈身边了……

小舅妈一边哭，一边诉说着，泪眼婆娑地看向我：有时他喝多了，会说起你。

我的心猛然一跳，声音干涩地问：说什么？

小舅妈说：你对他说过，但愿他过得安心。他总记得这句话，说你没说错，他确实没法做到安心。

谁又能就此安心？

他是在我小时候带我去公园玩，动不动就把我举过头顶的那个小舅舅；他参加工作后第一个月拿到工资，马上跑过江来请我们全家吃饭；我参加过他的婚礼，看着他把漂亮的小舅妈抱进新房；我去抱刚出生的小表妹，粉嫩一团，他瞪大眼睛守在一边，唯恐我失手，又笑道：你刚生下来的时候，我也这样抱过你；我考上大学，他郑重地对小表妹说，将来一定要跟姐姐一样，同时高兴得四处炫耀他有一个聪明的外甥女，用词之夸大，让我听得难为情……

　　我竟然四年没有理他，在妈妈犹豫叹息时，还冷冷地说：难道他不应该主动跟你联系吗？

　　总有一天，我们会不再沉浸于对逝者的追忆，淡忘悲痛，却做不到主动放下心中的芥蒂，直到死亡突如其来，最终将我们隔开，留下再也无法弥补的遗憾。

　　我开车送妈妈回去，两人都一路沉默着。终于我开了口：妈妈，您怪我吗？

　　她诧异：怎么怪你？

我开车几次路过，都没想到要去看看他；你过年的时候说要打电话给他，我也打岔混了过去。

她轻轻摇头：不怪。其实我和你大舅舅，多少是恨你小舅舅的，他从小被宠爱着，没吃过任何苦，长大后顺理成章顶替外公进了待遇好的单位，家里房子理所当然地给了他，结婚更是根本不必他操心。我结婚时，只有一份最勉强寒酸的嫁妆，幸好你奶奶和爸爸知道我妈死得早，不计较这事；你大舅舅去下乡插队，好不容易才得到一个外地小城招工的机会，企业待遇差，婚姻又不如意，半生蹉跎在那里，不可能再调动回来，他的怨气更浓一些。爸爸一死，忍不住就发作出来，结果……

我的视线模糊，将车停到路边，头伏到方向盘上。

妈妈摸我的头发：我还有你，比什么都好。

我反手握住了妈妈的手：我送您去看大舅舅。

大舅舅生活在一百多公里以外的小城，宿舍老旧，室内家具陈设老旧，桌上潦草地放着隔夜的餐具没有收拾，空气中有一股古怪的味道。大舅舅一个人在家，看上去异常苍老、消瘦，看到久别的姐姐登门，没有任何激动、意外或者喜悦。

听到小舅舅病逝的消息，他的表情仍旧木讷，仿佛根本不觉得弟弟英年早逝是个意外。隔了半晌，他才轻声说：我们都老了。

他已经离婚，办理病退，拿着微薄的退休工资独自生活，唯一的儿子跟前妻一起，与他往来稀少。

他似乎已经被磨平了所有锋芒与情感，只余下沉沉暮气。直到妈妈提起家乡和与他们相依为命的童年，他的眼睛才略微一亮：上次回去，后面的池塘已经被填平，实在可惜；那一大片法国梧桐还在不在；他们读书的小学……

妈妈说：我们都老了，不要再赌气，如果想家，可以回去。

他苦笑：回不去了。

妈妈激动：胡说。

我没有胡说，姐姐，那边已经没有我的家了，我不想在自己长大的地方当个客人。

他声音里的苍凉让我和妈妈同时默然。

没有什么回得去了，曾经的情感，过去的时光。

我们只能接受追悔的折磨，接受这样永远的暌违。

随着亲人永别，人生的某一处缺口悄然扩大。所谓成长，也许就是接受越来越多的缺失。

至少我们还有彼此可以珍惜。

余下的路，愿我们可以紧紧扶持着彼此，不离不弃走好。

我们始终没有讲再见

文/自由极光

作者简介：

作家，编剧
代表作：《我曾爱过你，想起就心酸》《我也会爱上别人的》

我在黑暗中，面对着庞大而倔强的黑暗，忽然被焦灼的空虚感击中。

我知道我还想念她，一个冷不防，就丢盔卸甲无处可逃。

我在万家灯火中抱紧了自己，终于放声大哭。

距离她离开，刚好两年整。

一

我忘记第一次见她是什么时候了，只觉得那是很遥远的时光。

仿佛云上的日子，绵绵远远，只能遥遥望着，怕伸手出去，只剩一抹湿冷的水汽和虚无。

小时的记忆是片段式的，我在姥姥家长大，对她的记忆几近于无。

我只知道爸妈跟她的关系不算很好，究其原因，无非是家家有本难念的经，通通是剪不断理还乱的不解同误会。

六岁的时候上小学，我家离学校太远，

仿佛云上的日子，绵绵远远，只能遥遥望着，怕伸手出去，只剩一抹湿冷的水汽和虚无。

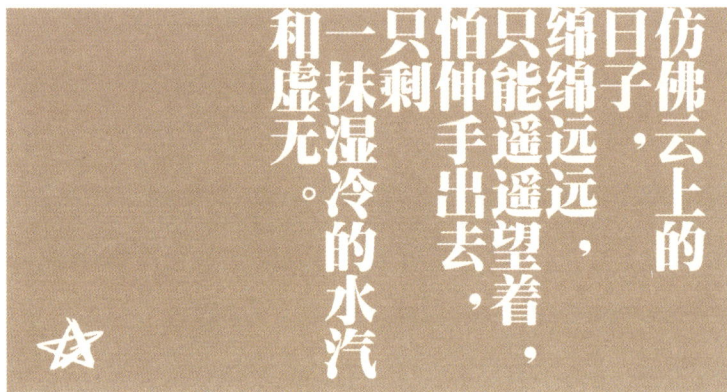

而她住的地方近。

她跟爸妈的关系终于因我而破冰，我们住到了同一屋檐下。

爸妈那时忙于生计，她便送我上下学。我小时候沉默而内向，对学校和小伙伴的亲密感并不多，甚至有些厌恶，所以每日在学校门口看到她是高兴的，因为终于可以回家看《动画城》和金龟子姐姐了。

送了没多久，她就不送了，让我背起小书包，自己去学校。

我被逼跟小伙伴同行，开始交了几个朋友。

多年之后，某晚妈妈在饭桌上，曾半开着玩笑当着她的面讲过她狠心，她也不辩解，只是温柔笑笑。

待到凌晨，她却敲响了我的房门，端来一碗粥让熬夜的我填肚子，然后站在门口仿佛顺口一提般解释，她当初之所以那么做，是不想看我继续孤僻下去，每日只能与电视为伴。长此以往，她怕我成年后吃亏。

我自然不知该如何接话，嘻嘻哈哈几句，她也笑着走了，房门关上，我对着电脑屏幕难过了好久。

这么多年过去了，其实我依旧是那个性格孤僻的小朋友。

无论表面看上去如何，在内里，我都一直未曾变过。

在无数嬉皮笑脸和乐观开朗的面具背后，我最常最爱做的事情，依旧是一个人蹲在角落里，默默在心中画着圈圈。

虽然对这个社会会略有不适，但还好，我的盔甲目前尚可应对。

而最初的盔甲，是她间接给我的，这是她给予我的，最为珍贵的礼物。

我从未想过她的苦心，也从未试图了解过她。她却把我的一举一动看在眼中，试尽一切可能，希望我好。

哪怕被误会，哪怕可能积下飞来的怨怼。

二

我一年级的时候被班里的小哑巴用石子打破了头，流了一脸血哭着跑回家。她一看，就拉起我的手，沿路问到小哑巴的家，愤怒得一塌糊涂。

可看到对方只有一位老人在家，父母都是外出打工的人，她的心就软了，随随便便骂了几句，便扯着我回了家，一路上叮嘱我以后要绕着他走。

路过小卖部，她走了段路，又折了回去，卖了一袋果冻给我，花了一元钱。

我回家看着动画片吃着果冻，希望天

天被小哑巴打破头，却忽略了她呆立一旁痴痴望着我的那一片温柔。

自此之后，每个月她去领退休金，总会买一袋果冻给我。

我舍不得一下子吃光，一天吃一个，即便这样，也有半个月的时间，才能等到下一袋果冻的来临。

那个年代，她一个月的退休金不过三十块。

我小时候老容易哭，一点点小事情就可以哭一个下午，怎么都哄不好。

长大后逢年过节，难免会被亲友取笑。她每每都很严肃地为我辩解，解释那个物资匮乏家境贫苦的年代，我是因为吃不饱饿得哭。

对此，她常常有感慨，如果当时我能吃得好一些，也许今日便能有一米八五的大个子，好不负山东大汉的美名。

我们的生日只相差一天，于春暖花开时，她在先。

她人缘不错，来祝寿的人很多，除去各种必备礼物，总会有亲戚带蛋糕来。

如果蛋糕有两个，当场切掉一个，剩一个那必然是属于我的。

每年的那一日，几乎是我一年内的第二个新年。

所以即便生活窘困，我小小的时候便有生日蛋糕，每年都数着日子盼。蛋糕在我生日那天被打开后，只吃掉一角，放到高处，可以吃半个月。

现在想起，觉得都是冥冥中的缘分。

蛋糕甜腻的香气，在黑暗狭窄的小房间里，我在蜡烛间幼稚而兴奋的脸，身边微笑着的她。

时间就在这样的刻度里，留下了一圈圈年轮。

永不回头地随着风，流淌着走远，再也不回头。

三

　　她曾经一度要跟我讲讲她的故事，彼时我还小，心性急躁，自然没有兴趣听。

　　零零散散只听了一点，应该错过了最为精彩的部分。

　　现在想想，满是后悔。

　　但是冥冥中，我总觉得我会写她的一生出来，只待未来某一日，时机成熟，机缘到来。

　　她是一个有故事的人，与我素未谋面的爷爷是家中老小，吃喝玩乐样样精通，唯独

不善谋生。

还好太爷爷有远见，买了半条街的铺子给他，希望自己疼爱的这个小儿子靠收租就可安然玩过一生。

家中做的是陶瓷生意，她便是在全盛之时嫁了进来。

传说家中鼎盛之时，太爷爷大寿，只要路人经过宅子，在门口磕个头说句吉祥话，便赏一块大洋。

虽然有些暴发户之感，但家大业大也略显一二。

可她只是普通人家的女儿，太爷爷知道自己小儿子无用，便寻摸着要找一个能撑起家的女人，于是就找到了她。

她的嫁妆并不多，严格说来其实是一桩门不当户不对的婚事。

所以进门时，她受了不少白眼。

这一切，我那爷爷自然毫不知晓，小少爷哪里懂得这些大宅子里的人情冷暖。

而且，据我推算他的性格，大概就算懂得，他也会假装不知道。

她不是爱抱怨的人，那些苦，自然笑着咽下。

她性子虽刚烈，但总归是刚进门的小儿媳妇，于礼教至上的山东，实在无法拿出自己在娘家时独当一面的气势。

四

后来，太爷爷去世，几个儿子理所当然地分了家。

好日子没几天，"文革"来了。

太爷爷被定位成资本家，分给儿子们的资产都充了公。断了铺子的租金，小城里的小少爷一夜间连最穷的邻居都不如。

红卫兵来抄家，逼不识字的她念毛泽东语录，她毫不排斥，特别认真地背。

待他们再来之时，她便用毛泽东理论跟红小兵们辩论，伶牙俐齿地把那些半大孩子唬得一愣一愣，总算没再来把家中的床都拆掉。

而她用来垫床脚的那几块铜质陶瓷模具，也幸运地留下了，在那三年困难时期，卖掉救了一家人。

多年后，她因糖尿病诱发老年痴呆，好多近的事情都不记得了，却依然会背一段段的毛泽东语录。

她丝毫不介意自己记不得过去之事，她有一次仿佛炫技一般背毛泽东语录给我听，之后笑着说，忘了好，好多事情忘了，一路回到小的时候，便只剩下高兴的事了。

而我知道，即便是幼时，也许她也并无太多高兴之事。

她是大女儿，早早便要撑起一个家。

他们这一代的这一生，实在有太多艰难的记忆，仿佛烙印一般，刻在灵魂的深处，抹不去，挥不掉。

轻轻触动，便是痛。

抄家过后，爷爷被逼去工厂做最低贱的工作养家。那时她正怀着孕，也得挺着肚子去陶瓷厂做工。

家中大势已去，墙倒众人推，爷爷自然处处遭人欺负。

她从别人耳中听到，只身跑去工厂车间，选一高处站定，不管有无人听，一番长篇大论，据情据理，引得那些装作没在听的干粗活的男人在心中默默称赞，从此再也无人欺负爷爷。

她日后提起那段日子，提起爷爷，语气是恨铁不成钢的。

说爷爷发了工资，"第一件事情是去点心店买半斤自己最爱吃的点心，偷偷在外吃完，完全没想到家里还有几张嘴等着开锅"。

话虽如此，可她也只是睁只眼闭只眼，没去揭穿他交回家中的工资为何数目不对。

言语之中，抱怨之外，她显露出的更多是对这个男人的怜惜。

她看着他从锦衣玉食到一无所有，心中不是没有疼惜和酸楚的。

于是索性就把他也当个孩子看，把生活夺走的，把自己手里能给的，偷偷放一点到他手上。

再侧立一旁悄悄看着他，看他露出一丝侥幸而孩子气的笑容，心中也觉得安然和幸福。

之后没几年，爷爷就去世了，留下了四个孩子，最大的孩子十几岁，最小的尚在襁褓中，全家都靠她一个人养活。

她说起那段日子，说到爷爷的死，总是会说，他真是会死。

语气之中听不来波澜和伤心，反倒有一丝戏谑和黑色幽默。

时间就在这样的刻度里一圈圈留下了一圈年轮。

但我知道她是伤心的，他撒手一去换了一个痛快，却丢了一整个家给她，丢了茫茫的未来。那么长的路，让她一个人走。

她怎能没有怨，只是日子长了，痛苦的记忆被时光磨出了光滑的面，罩上了一层温暖的柔光，时过境迁，她反而觉得他走是一种解脱。

她了解自己的男人，太不经事，她宁愿他早点去，先她而去。

她哭一哭、苦一苦，一辈子就过去了，总好过看着他一起挨。

所以她晚年得了糖尿病得忌口，家里人看她很牢，她就偷偷地吃，见我不管她，就小孩儿似的央我给她买，理由是"人活着不就为一口吃，你爷爷那么馋，后来一点福没享到，一点好东西都没吃着，我得替他吃回来"。

这理由足够强大到说服我成为同谋，她想吃什么，我便斟酌地给她偷偷买来吃。

每每她吃完之后当晚血糖上升，爸爸为她测血糖皱着眉头自言自语为什么突然加号增多时，我俩总会适时地交换一个狡黠的眼神，那感觉，默契非凡。

此时想起，心中都划过一阵爽朗大笑和一丝潇洒快意。

五

她是个豪气云天的山东女子，聪明而有远见，有男子气概。

每每回到山东，有人跟我讲起她，总是会赞叹地说："你奶奶不得了，她要是识字，是要成大事的。"

我相信，人们不仅仅是客套。

听爸爸说，改革开放之后，刚刚允许人们做点小生意，她便撺掇着彼时依旧是铁饭碗的爸爸从工厂辞职，下海经商，哪怕是从倒腾几个盘子的小买卖开始做起。

她的理由是，给人家干活儿永远赚不到钱。现在所谓的铁饭碗，谁知道明天会变成什么样。

她经历过爷爷的家中巨变，知道背靠的一切饭碗，哪怕现时看起来是多么铁，都是虚的。

爸爸孝顺而听话，果真就在众人异样的眼光里照做了，辛苦地撑起了一门小小的生意。

虽苦，但我们一家的人生就此改变了。

几年下来，伴着经济大潮，我们也捡了一点退潮后的贝壳蛤蜊，过上了略好的日子。

这一切，归根结底，其实都得归功于她的远见。

有一度，姥姥也搬来我们家住。姥姥是个闲不住的人，总要在家中忙来忙去找点活干，抹布不离手。

她总是躺在沙发上劝姥姥，说早到享福的时候了，人生哪儿有那么多重要的事情，灰尘擦了还会有，俩人在沙发上一起看看电视不是更有意义。

见我在一旁默然听着，她便笑，冲我说，还不一起劝劝你姥姥，别让她折腾了，未来还有多少日子好过。

那样豁达自知的人生观，不免也潜移默化地影响到我。

让我觉得人生里其实没那么多重要事，一个人过得开开心心，才是最好。

我上大学之后，我们甚少见面。一年两次，暑假寒假，我总是来去匆匆。

后来毕业了，便压缩至一年一次，仅仅过年那几天，我能安心离开北京待在山东。

生性不爱跟家人太多交流，就算回家，我也是躲在房间里跟电脑相对，昼伏夜出。

记得又有那么几个凌晨，她来敲我的房门，手上总是会端着一碗面或者一份菜，她怕我饿，所以半夜起来偷偷做饭给我。

我接过饭菜后，依旧会在电脑前吃。她就沉默地坐下来，微笑着看我吃完，再把餐具收走。

我知道，她是想多跟我相处一点时间，多看一眼我。

因为没几天，我就要去往异地，半年不回来。

我心中感动，口中却连"谢谢"都不好意思讲，只是沉默地看着她动作缓慢地做完这一切，之后消失在我的房间门口。

有多少没说出口的话，就这样渐渐地消融在无数个深夜里。

六

得知她病重的消息时，我正在写一部电视剧。制片方提出无数莫名其妙的修改意见，事情进展得一塌糊涂。我每天对着WORD文档，几乎想要撞死在电脑的液晶屏上。

爸爸一个电话，我逃也似的回到山东，动车很快，只要四个小时，下了火车，又转乘汽车，便回到了那个多山的小城，我离开多时的地方。

暮色苍茫里，小城依旧，但是有人要离

开了。

待我放下行李，走去她住的那间小屋，看到躺在床上身边插着氧气管的她，我在床边默默站了很久，轻轻叫她，总以为她能睁眼看一看我。

可是，她没有。

一屋子都是至亲，大家的脸色都不是很好，强撑着同我寒暄几句，见我没什么讲话的兴致，便由着我一个人坐在小板凳上，略有呆滞地盯着手机屏幕。

这一坐，夜就深了，我不时抬头看她，总觉得她会醒来。

到后来，我放弃了，只希望她能轻松地去。

我默默地戴上耳机，在心中为她念了一遍又一遍佛经，希望她能看到光，在去彼岸的路上不会迷失。

时至凌晨，我在众人的劝说下先去休息，回家后那一觉，我睡得不太安稳。

凌晨三点多，恍恍惚惚，做了梦。

梦的内容没那么清晰，我一醒来就忘了。

但是隐约我记得梦中有她，记得她对我笑，也许跟我讲了"再见"，也许没有。

我的心一沉，知道她是要走了，这就算是道别了。

打电话给爸爸，说她已在凌晨三点多走了，算起来，刚好是我做梦的时间。

我匆匆洗了脸，去看她，屋里已经哭成一片，我却没有泪。

我只是在一片兵荒马乱里失了魂。

她火化的那天，我去送她，眼睁睁看着她变成一缕烟、一捧灰，我这么软弱，却依旧没有哭。

我是为她高兴的，这一生太苦了，与其拖着一具陈旧的壳，连刚获轻松的灵魂都要反过来被拖累，不如归去，不如了无牵挂地归去。

我知道今生的缘分尽了，若有缘，那么下一世再见吧。

下一世，就算做不了亲人，做个朋友也好。

那怕只是匆匆过身，互留一抹笑，也不枉此生这番缘。

后来，我偶尔想起她，也并无伤感。

仿佛她只是去远行了，我们只是暂且见不到。

几年后，我在某个冬日午后睡着了，梦到了她。

依旧是在山东的家里，她躺在沙发上，也是个午后，她看着那寂寞，如此漫长，和冰冷，无人可诉，无能人懂。

自己的手，手指不停地张开又合拢。阳光洒在她的脸上，我看不清楚她的表情。

可是，那一幕，那么寂寞。

此去经年，我大一点，才明白她最后几年的生之寂寞。

那寂寞，如此漫长和冰冷，无人可诉，无人能懂。

我悄无声息地在不远的地方看着她，她终于发现了我，笨拙地坐了起来，笑着对我说，饿了吧？我给你做饭去。

我知道那是个梦，我遥遥远远地看着她，不知不觉便流了满脸的泪，所有的铁石心肠转瞬化为绕指柔。

我多么想那个梦能长一点，好让我走到她身边，静静地陪她一会儿。

可是我瞬间就醒来了，彼时已然日落西山。我听到楼下有孩子相互追逐的声音，隔壁邻居晚餐的菜香味飘进室内，不知哪一家的电视，已然开始播放婆媳题材电视剧。

我在黑暗中，面对庞大而倔强的黑暗，忽然被焦灼的空虚感击中。

我知道我还想念她，一个冷不防，就丢盔弃甲无处可逃。

我在万家灯火中抱紧了自己，终于放声大哭。

距离她离开，刚好两年整。

我知道，我们此生再也见不到了。

七

这篇文章年初就动笔，却零零散散拖着没有写完。

想起的时候便写上几笔，无数片段汇成往日或深深或浅浅的回忆。

数次写着难以自已，搁笔抽根烟再写抑或就此停手。对于这篇文字，我有没来由的慎重。

有些语句，隔日回头看不免觉得做作，怕自己泛滥的情绪影响到读者的观感，便删了重来。

收尾的时候是四月初，清明时节，我没回山东看她，为她在坟前献上一束花。

我知道，她的性格不爱这些形式的东西，当然，也许我在为自己的不孝找理由。

我有些没心没肺地身在异国的曼谷过泼水节，泰国非雨季，雨并未纷纷，水和人们的笑脸代替了它。

不免在清迈写了几笔，辗转到了曼谷，一眼茫茫都是人。

留在曼谷的最后一日，我从酒吧出来，喝了两瓶啤酒。街道上有洒水车经过，腾起一片茫茫的雾气，我站在街头，忽然想起她。

胸口有些积压得难受。

回了酒店，在床上辗转难眠，好多语句汇上心头，差点眼角就又腾起了雾。

直至凌晨四点，我光着脚在窗前的办公桌上敲这些字出来，忽然想到我欠她一句"再见"。

一句永远没有机会再讲出口的"再见"。

我不知她在另一世界过得好不好，抑或早就了断了此世的羁绊，奔向了来生。

我更无法笃定地认为真的有另一世界抑或轮回的存在。

人生
有多少
未讲出口的
再见之后，
便是苍茫的
永别。

只是，一个人去了，一场汹涌而无情的火过后，留下一捧零散的灰，一阵风便可吹散。

可是那些爱，那些记忆，那些不求回报的付出，那些舐犊情深的过往，是不会跟着走的。它们会留下，会在尘埃里开出花来。

它们并未亦不可能被一把火燃尽，它们停驻在所有途经之人的记忆里，一代代，被记得、被诉说。

也许正是这些所有，组成了另外一个世界，抑或，成就了来生。

假如有来生，即便我们再相见，我想，亦是不可能再认识的了。

我只希望，上天能够慈悲，让我有机会买一袋小小的果冻赠予她，好稍稍还上今生一*丝丝*的债。

虽然这债，伴着爱，早就不分你我，早已了无遗憾。

一切都会逝去，一切都将走远。

缘起缘灭，不是你我能够掌控，可因着这美好而并不奢求的简单愿景，一路走向那到达不了的远方，也不枉相识一场。

纵使山高路远，也能怀着一颗温暖着的心，跟这个世界做个略略贪心而执念的告别。

天地再不仁，又怎能忍心责怪。

人生有多少未讲出口的再见之后，便是苍茫的永别。

我们始终没来得及当面讲一句再见，如今想起，心中依旧难过得厉害。

那么就在这里用白纸黑字补上一句，愿冥冥之中，她能微笑知晓。

再见。奶奶。

家家

家家
文/凌草夏

作者简介：
一个非常懒惰的写作者，一个不怎么勤奋的编辑。
部分短篇散见于各大杂志。

　　不知道从什么时候开始，我变得不再那么愿意和人常联系。再亲的人，好像都只活在我的记忆里。外婆的手机号码，是外婆去世前一年生病后办的，直到外婆去世，我都没有打过一次。

　　外婆去世后一年的深夜，我从电话簿里看到这个号码，拨打过去，提示已关机。

　　我才明白，有很多事情，当年没做，以后就永远没有机会了。

　　我才明白，我妈妈说的："从此以后，我再也没有妈妈了。"

凌草夏

家家

"风儿习习起，白云叠叠飞，人死好似
长江水，一去永不回。"

这是我外婆去世后，多悦镇上老年协会
的老大爷在出殡那天念的悼词的第一句。

老大爷口齿不清，我其实根本听不太懂
他在讲什么。事后我找他把祭文要了过来，
跟我二舅说："我回头把祭文输入电脑里，
再发给你。"

这一说，就是两年过去了。

我根本觉得我外婆还活着，以至于直到

如果
真的有另外
一个世界，
我想
我的外婆
应该是骄傲的。

现在我才开始录入。这悼词看得出来本身是有模板的，可能村里过世的老人，都享受了这篇以慈母为基调的文章的相送，到了另一个世界讨论起来，老人们也有了新的共同话题。

如果真的有另外一个世界，我想我的外婆应该是骄傲的。整个葬礼在乡下虽然算不上豪华，但也异常热闹，出殡那天更是整整三卡车的人一同上了山。也不知道是什么时候养成的习俗，三辆卡车竟然都彩旗飘飘，再加上堆着的各类花圈和祭祀用品，五颜六色的，在夏日艳阳下，竟显得特别喜气。

外婆下葬之后，全家晚辈都背对着外婆的坟跪着，请来的先生口中念念有词，把祭祀剩下的大米往我们背后掀起来的衣服上面撒——习俗说是把这米煮了吃了后，会受到庇护。最小的表妹衣服没接好，米撒上去就漏了，她回头看了看，猛地就嚷嚷起来了："不干不干，我的米都没得了！我要嘛，我要嘛！"

小表妹长得特别像外婆，甚至性格也很像外婆，那一瞬间我好像是看到了外婆以前和家里人玩牌输了之后耍赖的样子，牌一扔，嘴巴翘起，一副不乐意的表情。

我不知道是大家都想起了什么，还是葬礼积累下来的悲伤都找到了一个发泄的出口，小表妹这么一闹，气氛马上轻松起来，所有人都眉头舒展，嘴角挂上了微笑。

外婆是火化之后才被送上山，葬在了老屋背后的竹林果园里，旁边走上几步就是我那位从没见过的大舅舅的坟。我爸说，我这个大舅舅一表人才，可惜去世太早。我想，他现在应该可以陪着他妈妈了。

我觉得那块地方风水极好，位居小山坡上，背靠竹林，面前是一片丘陵地带中间出现的大坝子。春天的时候，一眼望去便是金灿灿的油菜花，而夏天则是绿油油的水稻，进入秋天稻子熟了，更是金色飘香。旁边的果园更是我外婆最熟悉的地方，那院子里有桑树，有橙子树。这里的每一棵树，我外婆都无比熟悉。而这片果园和后面的老屋，也藏着我无尽的童年。

小时候，一放长假，我就会被我妈带回山里，交给我外婆。

我记得外婆养了很多年的蚕，我天生胆子大，唯独有点恶心这种会蠕动的虫子，但是面对整整一屋子，好几十盘大竹匾，成千上万只蚕，又觉得很好玩。所以每年外婆养蚕的时候，我都是一面恶心又一面积极参与的状态。

大早起床，和外婆去老屋旁的桑树园子摘桑叶。要找不老又整个张开了的大叶片，趁还有露水的时候全都收集好，再晾到老屋的院坝地上太阳晒不到的地方，太阳下山前收起来，这样鲜嫩又没有太多汁水的叶子是最适合喂蚕的。

外婆教我怎样把桑叶一片片地盖到那满竹匾的蚕宝宝身上。这个时候就是最具挑战性的时候，一不小心被蚕爬到了身上，就免不了一声尖叫。外婆又气又恼地打我两下，之后就继续放桑叶。

其实，我最喜欢的时间是桑叶都放好了的时候。乡下的老屋是黄土泥坯墙的瓦房，大约十间屋子围成的院落，养蚕的房间就在卧室隔壁。我躺在床上，天气有点微微热。外婆给我扇扇子，而隔壁的蚕宝宝们大吃特吃，沙沙的声音，细细密密连缀在一起，就像是在下雨。

"外婆，下雨了。"

"没有下，快睡吧。"

外婆胖，她忙了一天，通常晃几下扇子就睡着了，发出鼾声，我就真的感觉是在雷雨天了。

凌草夏

家家

暑假收谷子的时候是一年里乡下最忙的季节。我从小爱偷懒，脏活粗活一概不帮，最积极的也就只有在做饭的时候烧灶火，这算是我最大的贡献了。而且我烧火现在想来也很厉害，暑假烧的大多是五月收了油菜之后的油菜秆子，烧起来噼里啪啦地响，外婆则在灶台上忙碌。

其实外婆做菜总的来说并不好吃，太咸，而且做法也很粗暴，不过她做的豆花却是全天下最好吃的。

一年四季，只要回乡下，外婆都会做豆花给我们吃。

而我每次都是做豆花时候的黄金小帮手。

整个过程都特别好玩。大黄豆提前一夜泡开，大石磨也要提前一天就洗干净，第二天一大早就要起来磨豆子。石磨上百斤，推动起来之后有水润滑，会比较省力一些，但也很辛苦。我通常是在一旁帮忙添豆子，勺子里是七分水加三分豆子，加入石磨，磨出来的就是乳黄色的豆汁，顺着石磨槽流到桶里。

现在想来整个过程其实是很枯燥无味的，而且那么沉重的石磨，外婆推起来很累，她那时候又胖，没多久就满头大汗。老屋屋顶的瓦片在每间屋子中间都有几块玻璃，能够透下阳光，初升没太久的阳光投射到外婆的脸上，半明半暗，隐约看得到汗珠。

在我小小的眼中的，那时候的，外婆·，就像魔法师，一般伟大。

我隔一阵就闹着要推着玩，外婆就让给我。我最多借着外婆的惯性推动两圈，就整个累到爆炸，然后又乖乖地去添豆子了，一阵后又不死心，又闹着要推石磨，好像那事很好玩似的。现在想来，我这近乎捣乱的行动，在外婆眼中，可能正是她每次都会做豆花给我吃的动力吧。她本就是一个简简单单的农村主妇，一生嘴笨，从我小时候开始，她对我的爱的表达就全都是行动。

现在想来，做豆花真的是件费时费力的事。把豆子磨好之后，下锅煮开，然后再捞出来，放进纱布滤掉豆渣，为了把豆渣里的豆浆都压榨出来，还得再用上百斤的石磨，把石磨上面的那块石头搬起来压住包在纱布里的豆渣。直到所有豆浆都齐全了，外婆会给我留一些来喝，剩下的，就全都加胆水点豆花。点豆花是我觉得最神奇最好玩的过程，一锅的液体，在外婆加入了一点点好像是石膏液的东西后，转眼就全都凝固成了香甜味美的豆花。在小小的我的眼中，那时候的外婆，就像魔法师一般伟大。

暑假里，外婆还会用新鲜的大豆来磨豆花。这时候的豆花带有一股青草香，而且还是绿色的，好吃极了。

可惜的是，自从外婆搬进了小舅舅在镇上买的房子，我就再也没有吃过她做的豆花。

二

我最后一次见到外婆，是2011年6月。

我妈打电话过来，说外婆的病已经很严重了，吃不下饭，基本上是靠着输液维持。我说怎么可能，过年回去不是还好好的吗？年前不是做手术了吗？

我说，我中秋回来看外婆。

我妈说，杰娃儿嘞，你中秋回来的话，怕是看不到你外婆了哦！

我说，那等你生日的时候我就回去。

6月的四川，已经很热了，我下了飞机

直接转车坐乡间巴士回多悦镇。小时候坐车去看外婆，总觉得特别远，睡醒一觉了，还在翻山越岭。而现在，距离往往是以时间来计算，从北京到成都是三小时飞机，从成都到眉山是一小时高速，从眉山到多悦不过四十分钟路程，好像一眨眼就过了。

那时候的我还没有意识到，时间并不会等任何人。我想，那时候的我心中虽然有担忧，但总体是乐观的，我并不相信我的亲人会离开这个世界。家乡的农村河渠众多，路边全是稻田，稻田远处是一丛丛竹林，竹林下面便是人家。临近中午，袅袅炊烟飘在难得的晴空下，风吹蝉鸣稻花香，我的心情是愉悦的。

我记忆里的外婆是个胖子，虽然过年看到手术后的她已经消瘦了不少，也许是冬天穿衣多，她整体依然是我记忆中那个胖胖的外婆。但是这次，我下车之后看到的她，已经瘦得不行了，方才那湛蓝的天空营造出来的好心情瞬间荡然无存。

"你回来了哦？"外婆拉着我的手。

"嗯，我回来了。"我也拉着她的手。

我妈说，外婆之前一直吃不下东西，一直在输营养液，这两天精神还不错，还能吃一点。午饭的时候，我单独给外婆熬了那时候的我还没有意识到，时间并不会等任何人。

粥，她坐上了很久都没上过的饭桌，看着我们吃饭。

也许是心情不错，她居然吃了一整碗粥，大家都很开心。

其实外婆的病已经很严重了，我根本没有意识到，这碗粥，外婆可能根本无法消化，然而那时候的我，看着外婆能吃东西了，居然还很天真地觉得很欣慰，潜意识里觉得，人只要能吃东西，能睡觉，好像就不会死。

午饭后，我给了外婆一笔钱，外婆没有像以前那样拒绝，这次她收下来了，我坐在她身边，她拉着我的手跟我说话——回想起来，最后的那次见面，外婆只要有机会就拉着我的手，她的手依然是粗糙而温暖的，跟我小时候一样，只是再也没有那么厚实，只剩下嶙峋的骨节。

她拉着我的手问我妈："你明天生日买点啥子喃？"

"买啥子嘛？不买啥子。"我妈在削苹果。

她把我给她的钱理出来，拿出了一半给我妈："拿去打一只镯子嘛，不够的钱，再喊你儿给！"她转身看着我，满脸笑意。

晚饭后，我妈问："妈，想不想出去走一哈？"

外婆今天精神看上去的确挺好，她站起来走了两步，然后说："走嘛，好久没有出门走了。"

我们沿着镇上的街道往乡下走，乡下老屋离镇上走路大概要半个多小时。我几乎整个童年的寒暑假都是在那乡下的老屋度过的，那时候的外婆胖胖的，养蚕、养鸡、养鸭子、喂猪、弄果园、种地，每天都声音洪亮，手脚麻利。

可现在，外婆走路都那么慢。

多悦镇处于丘陵地区，镇中心修在一圈小山之间的坝子上，要往乡下走，就全是上坡路。外婆走走停停，每走得高一点，视野开阔一些，她就指着新出现在视线范围里的房子对我妈说，那里是谁谁谁家的房子，和我们家是怎么个七拐八拐的亲戚关系，这几年都做了些什么。

我不认识那些人，只是站在路边，看着比我矮那么多、瘦那么多，好像一阵风都会吹走的外婆，心里难受极了。

走了十多分钟，我们看到了那条回山里老屋的小路。

其实这个时候完全看不到老屋，但外婆还是伸出手，指着那边，说："沿着那条小路，爬坡上去，绕过那片林子，上了那几道坎，路过你表叔家，就是我们家了。你记得不？你小时候每次来过暑假生气了，你就背着你的书包，戴着你的帽子，从屋子里走出来，说要回城里，可你每次都只走到那道坎那里，就站在那等着，你外公就把你找回去了。"

"记得。"我鼻子有点酸。

我想，外婆那天可能真的想走回老屋看一下，可是她真的不能走了，我们只能回头。

七点了，夏天的四川才开始天黑。太阳西斜，路旁的竹林和桉树拉出了最后的影子，山里已经开始有了雾气，夹杂着不知道是谁家的才开始做饭的香味，几只狗儿不时地叫两声。外婆和妈妈手挽着手在我前面走着，一切都显得那么美好，可是我真的很难过。

晚上，外婆睡着了，我妈也拉着我的手，轻声地对我说："儿子啊，这可能是妈妈最后一次还有妈妈的生日了。"

她说着就哭了。

那次，我陪了外婆三天，走的时候，我对外婆说："我中秋再回来看你。"

她拉着我，不想放手："你中秋回来，怕是没有你外婆了哦。"

我说："不会的，你看你这几天，能吃能睡的，都在好转了。"

"好嘛，那我等你回来。"她说，"你们就先走吧，回北京要好好上班，我就不送你们了。"

最后那次分别，她真的没有出门来送我，我那时候并没有想一切都显得那么美好，可是我真的很难过。

太多。可现在回想起来，这么多年，每次离开外婆家，她至少都会走到门口，望着我们离开。我想，她可能真的觉得是最后一次见到我了，所以要真出来送我走，肯定会哭吧。

外婆的确没有熬过中秋，2011年8月20日，她去世了，享年71岁。

三

　　我妈说，外婆去世那天，她并不在。
"我陪了我妈那么久，就是没想到回城一
下，她就去了哦！"那一天只有我舅妈在镇
上，我妈不在，小姨也回了乡下，二舅在成
都，小舅也在店里忙碌。我舅妈说，外婆那
天精神本是不错的，还让舅妈帮忙给好好洗
漱了一番，"然后，妈就喊我上楼去看看爸
爸睡觉没有，她就喊我上去了，我再下来的
时候喊她，她就不答应我了，看上去跟睡着
了一样。"

我想外婆可能知道时间已不多，只想体面地离开，不要让任何人看到自己的离开。去殡仪馆之前，外婆一直躺在水晶棺里，守夜的时候，我偶尔会站在旁边看着她，不时哭一场。

我妈在外婆葬礼期间很意外地来了月事，按照习俗，她是不能直接碰我外婆，也不能守夜烧纸什么的。我妈难过极了："儿子啊，你要帮我多给你外婆烧点纸哦！"

"妈啊，妈，你是真的不想我送你最后一程啊！今后我就没有妈了，你还不让我碰你，我真是好伤心啊，妈啊……"出殡之前，家里的女眷们都围着外婆哭丧，我妈难过极了，可始终不敢离水晶棺太近。

"妈啊，妈啊……"小姨哭成了泪人，她一直嘴笨，也不知道说什么好，只是一味地哭着。

"姐姐啊，我苦命的姐姐哦，你咋法就这样走了嘛？我的姐啊，我的姐姐啊，你走了，我去找哪个喊姐姐？"姨婆这样哭着。外婆有一个妹妹、一个弟弟，每年过年我们都会去舅公山上，很偏僻，那边的山数十年都不会有什么变化。我想，那山上的那些路，我外婆小时候可能就走过。

女人们都哭得极为伤心，我忍不住就躲到了楼上。小舅舅在我是个很少哭的人，我想那天我一口气哭掉了自己十年的眼泪。

跟二舅舅说："你喊她们不要哭了，老爸听到他们这么哭，怕是受不了哦！"

"让他们哭吧。"二舅说完，就去看外公。

外公很多年前就中风了，走路都不利索，大概十年前，外公就照了标准照片。我们全家似乎都觉得肯定是外公先走，谁也没想到过今天。整个葬礼期间，外公都在楼上，除了吃饭和睡觉之外，基本上都是坐在椅子上，偶尔和前来的亲戚们打个招呼。

这时候他站起来了，二舅舅走进屋子，老外公踉跄了几步，扶着二舅舅的肩膀，靠着他，哭了起来。

我实在受不了了，躲进了个房间放声大哭。过了会儿二舅舅进来了："你别哭了，孝心到了就对，你外公听到了也难过。"

我泪眼迷蒙地下了楼，可眼泪依旧止不住，下了楼梯，我躲进了外婆去世的房间。我是个很少哭的人，我想那天我一口气哭掉了自己十年的眼泪。

和外婆真正意义上的道别，应该是在火葬场。

全家人一个个上去，外婆已经不在水晶棺里了，大家伸手都能触碰到外婆的脸。表弟作为长孙，他比我小八岁，哭起来好像

还没有那么多顾虑，此时的他已经是泪人了，他一边给外婆擦拭脸庞，一边说着话。小姨的泪水滴到了外婆的脸上，晶莹剔透。

"你快去帮你外婆擦下脸吧，帮你妈擦一下，妈妈碰不得你外婆啊！"我妈那时候的难过程度，我想我真的无法知晓。

然而我真的碰到外婆的时候，我才明白什么是死亡。

外婆的脸是那么的凉，好像是已经到了另外的世界。

永别了，外婆。

外婆被推进火化炉的那一瞬间，妈妈双腿一软，整个人瘫倒在地，"妈妈啊！"她碎碎地念着。

焚化的时间很长，家里总共去了有三四十个人，大家都在互相安慰着，等到外婆以另外一个面貌出来的时候，所有人都冷静了不少。

我妈说："当我看到你外婆焚化后的骨骸时，我觉得我整个人都轻松了。我想，我的妈妈的灵魂已经随着她的肉身去了天上，她已经不会再痛苦了。"

外婆的骨骸很完整，火葬场的人分成了头、身、脚三包，分别由我、小舅舅和小姨抱着坐在汽车后排，二舅舅捧着外婆的遗像坐在副驾驶座上。回家的路上，依照舅婆嘱咐的，一路给外婆指路，引导外婆的灵魂顺利回家。我不知道小舅舅和小姨是怎么想的，但我肯定他们都一点都不怕。我们坐在车上，互相没说话，只是不时看看大家，笑一下。我怀里外婆的骨骸还散发着温热，就像是小时候外婆抱着我一样，我特别安心。

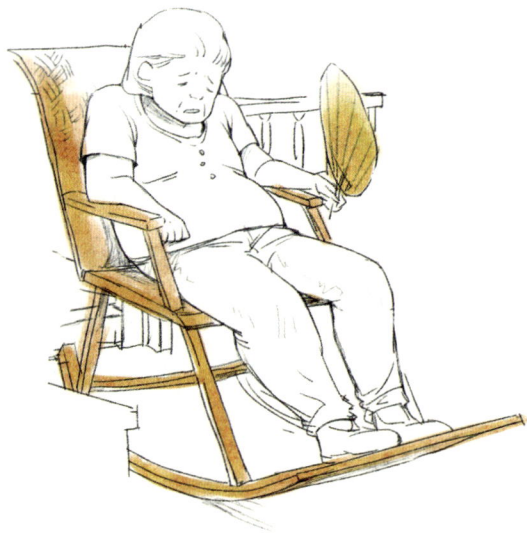

四

后来，我一直想给我外婆写一段什么文字，可是总也写不好，其实这篇文字我也不满意。写的过程中，我发现居然有那么多记忆呼啸而来，那些栩栩如生的画面不断涌出，就好像外婆真的还在。

长大后的我并不像小时候那样和外婆那么亲密了，一年到头见到外婆的时间本来就很少很少，现在每年也只有春节才能上山为外婆上坟。每次回去，那山上无人住的老屋就坍塌一分，唯有那田地里的油菜花依然金

灿灿，一切都和我小时候无异。我想，我完全可以告诉自己，外婆并没有去世。

只是，我忘了给她打电话罢了。

不知道从什么时候开始，我变得不再那么愿意和人常联系。再亲的人，好像都只活在我的记忆里。外婆的手机号码，是外婆去世前一年生病后办的，直到外婆去世，我都没有打过一次。

外婆去世后一年的深夜，我从电话簿里看到这个号码，拨打过去，提示已关机。

我才明白，有很多事情，当年没做，以后就永远没有机会了。

我才明白，我妈妈说的："从此以后，我再也没有妈妈了。"

在我老家，把外婆叫作"家家"，我这辈子，再也没有机会说："家家，我回来了。"

我再也看不到我家家了，她笑起来眉眼弯弯，她是个大嗓门。她曾经是个胖子，我给她买的衣服都穿不下，她后来成了个瘦子，瘦到一阵风都让我担心会不会把她吹走。

葬礼上，老年协会的老大爷致悼词的最后一句是："要得母儿再相会，除非南柯梦一回。"可是这么久了，我一直没有梦见过她。

我多想再抱抱你，叫你一声："家家。"

PART 2

珍惜

我们不擅表达，
但这些文字想送给你看

不科学家庭的二三事

文/浅白色

作者简介：
非典型水瓶，靠谱宅女。曾任职媒体，现在是自由人。
代表作：《始终不聪明》《我们在互相辨认中老去》

　　天下父母都期望自己的孩子有所成就，而我偏偏从未有过什么宏图大志。

　　我只希望能成为一个自己所爱的人都需要的人，而最幸运的是，我的父母从未因此而失望。

　　他们欣然接受我从小到大所做过的每一件半途而废的事，并愿意相信为了过得开心无论做什么都值得。

　　虽然，这不科学。

一

我五十六岁的老爸决定要去考驾照。

他说这话时，大家正坐在饭桌旁。说完，他满足地喝了一口我妈煲的墨鱼排骨汤。

上一次听他如此斩钉截铁地表示要做某一件事是几分钟前，他吃着吃着忽然宣布："我再喝碗汤。"

大概因为多年来"斩钉截铁"已经是父亲大人的默认语气，我完全不觉得要考驾照是个多严肃的决定。自我记事起，老爸每天都要斩钉截铁若干回，有时候是决定今天喝二两，有时候是决定今天不午睡，有时候是打算追部电视剧，有时候……是砸开一个核桃要求我必须吃掉，说是补脑。他对他闺女的智商一直不是太满意，就好像他闺女对他的情商也一直持有保留意见一样。

他年年出差几乎跑遍了全国，可他永远记不清楚自己家周边的公交路线；有大学邀请他讲课，他大夏天穿着拖鞋短裤就这么杀进了教室；他三十多岁已经是当时省内有色系统最年轻的高级工程师，可是职位数十年如一日，至今没往上挪一毫米——没有哪个领导喜欢给不懂社交的技术宅升职。

这不科学，对不对？

在八十年代还没有"技术宅"这个词，有的只是"有文化、人老实"。在当时，用这六个字对付姑娘们的家长比什么武器都好使，杀伤力强且例不虚发。于是一位同事麻溜儿地把我爸推荐给了我外公外婆，外公外婆满意之下就这么做主把大院里最萌的未婚女青年——我妈的终身大事给解决了。

小时候，我也颇骄傲有一个有文化的老爸，单位大院里第一台家用电脑是我爸装的，别人家小孩儿在院子里跳房子，踢毽子，我蹲在书房看我爸给我画自行车。那时候觉得工业绘图软件简直是世界上最牛的玩意儿，能画房子能画大机器，还能画自行车。

可那天刚画完一只立体的眼看着就能滚动的轮子，我妈叫吃晚饭了。从那以后二十多年，我再也没见过那辆尚未完工的自行车。这并没有扑灭我内心久久持续的嘚瑟情绪，一直到现在都没忘记大约十岁时看到那只轮子的震撼心情。

我曾试图学会像他一样用复杂的工具画一些充满几何美感的物件，可内心这棵向往科学技术的小苗苗终于由于科技这东西太复杂而果断地自行掐死在了萌芽状态。那些少年天才要么毅力超群要么智商惊人，我两者都没有，有的是一点小聪明和知难而退绝不坚持的可贵品质。我爸不无惋惜地从书架上拿出一本photoshop3.0教程给我学着玩，企图让我从容易的开始上手培养兴趣，实现曲线救国。

这不科学，真的。

若干年过去，我开始乐此不疲地给身边的亲朋好友修照片；又若干年过去，我成了个每天开着PS（photoshop，图像处理软

件）以简洁粗暴的手势飞速修图的小网编。我爸脑中那条长长的曲线终于没有绕到他期望的轨道上来。就好比他送我一架小飞机满心期待我飞去火星，而我开着飞机一路滑行欢快地到达了距离市区五公里的火星镇。

从小我就知道，我爸想要个儿子。并非因为他是家里的长子，而是他希望他大脑里的世界能有个构造相似的小工程师来与之分享。我真正意识到这一点时是已经成年许久，当我大姑的儿子考去他的母校读他学过的专业时。开学前那个暑假的某天下午，他们两人坐在我家客厅看着电视聊着天。和大姑一起帮妈妈准备晚饭的我从厨房里看出去，那逆着光的两个人像一幅和谐而宁静的剪影。或许那才是多年来他想象中的父子聊天的画面。

我至今没看懂过我爸画的任何一张图纸，跟他的共同语言仅限于生活琐事。他也早已放弃了将我培养成工科女青年的想法。所幸父亲大人从没表现过失望，他依旧快乐地上着班，快乐地跟我妈斗着嘴，快乐地偶尔喝二两。

我大学毕业后这几年，他常常挂在嘴边的一句话是："你爱干什么就自由地去干，我们的想法是我们的，你过得开不开心是你自己的。"

没有了"父母期望"这层约束，我过得越发胆大不靠谱起来。先是辞了稳定的国企工作跑去帝都当月光女编辑，没几年又决定回家做父辈们最难以接受的全职家里蹲。

而我爸妈在得知这一消息后，只问过我两个与此有关的问题：

我妈："几点到啊，赶得上回来吃晚饭吗？"

我爸："要老爸去机场接你不？"

我从未成为过他们所期望的人，可他们仍然让我觉得我该为自己所做的每一个决定而骄傲。

每个人最初体会到骄傲的感觉都是从自己的父母开始。他们曾是我们最初的榜样，他们曾是我们第一次想到未来时希望成为的人。成长是一门循序渐进的功课，懵懂无知时父母是牵着我们的手引导我们前行的导师，直到有一天我们青出于蓝，那份自小存于心中的崇拜感也在岁月流逝中一点一滴无形地剥落。曾经高大而无所不能的父母逐渐被还原成两个普通的人，疲惫地打理着日复一日的重复生活。他们也会犯错，他们也有脾气，他们也有力不能及的时候，他们正在我们眼前悄然老去。

我不记得自己是从什么时候起不再崇拜我的父母的。是从我爸让我帮他的论文修改英文摘要？是从我妈让我教她用智能手机？

那逆着光的两个人像一幅和谐而宁静的剪影。

    这并不是件值得伤感的事。我喜欢他们偶尔有需要我的时刻。是他们造就了今天的我：一个他们会需要的、值得他们信任的成年人。

    天下父母都期望自己的孩子有所成就，而我偏偏从未有过什么宏图大志。

    我只希望能成为一个自己所爱的人都需要的人，而最幸运的是，我的父母从未因此而失望。

    他们欣然接受我从小到大所做过的每一件半途而废的事，并愿意相信为了过得开心无论做什么都值得。

    虽然，这不科学。

父母见证子女成长，而子女要见证父母老去，这是不可避免的过程。我的爸妈开始老了，可这不意味着他们不再有让我惊讶的能力。

我爸在宣布要考驾照的第二天就迅雷不及掩耳地报了名，周末以闪电般的速度满分考完交规就上车了。他每天下班不紧不慢地先去学一小时的车，然后再回家吃晚饭。

每每问起他练得怎么样，他的回答来来回回总是这几句话：

"教练只凶小妹子，不凶我。呵呵。"

"你要不要看我记的笔记？"（我才不要看把倒车入库画得像抢银行那样角度距离都精准无误的图解）

"不难，不难。挺好，挺好。"

十来天后，他终于换了句词，同样是我回家吃午饭，同样是坐在饭桌上，老爸慢条斯理地边吃边说："跟你们说个事啊，我下礼拜二考试。"

二

老爸考试那天上午，我妈一个电话叫醒正呼呼大睡的我，说她已经到了我楼下，正在等电梯。

我手忙脚乱地跳下床来穿衣洗脸刷牙，开门就见到戴着太阳镜、顶着一头蓬松的小卷毛的老妈。她难得一见地披着头发，脸显得比平时又小了一圈。她手里提着个大环保袋，里面装着阳台自产的花盆蔬菜，走进来的时候，身边晃过一阵洗发水的隐约香味。

"都是你爸，早上去考试非要拉我一起出门，这不洗了头还没干就来了。"她说着打开袋子一样一样向我说明每种菜的新鲜程度和建议食用时间，还口授食谱以做参考，连正牌农场主都不带这么专业的。

我妈的愿望是开个农场，种种蔬菜，晒晒太阳。

都说开农场是没务过农的人才会有的愿望，我妈是例外。

我妈也是单位大院长大的孩子，从小就个头小小皮肤白白，看她年轻时的照片，胳膊和腿跟藕一样掐得出水来。后来中学毕业下农村，一次性晒到解放前。一到田野间，城里孩子总是扎眼得很，常有人见了就调侃白皮肤姑娘是"资产阶级的娇小姐"。群众造谣力量大，勤恳劳动的好青年们哪能不焦虑啊？泛着油光的小麦色肌肤成了大众审美意义上光荣的无产阶级劳动人民的标志，无数青年就此为了两个色号而折腰。

我妈帽子都不戴，每天欢快地敞着脸在田里干活晒太阳。为了美黑进展得更快更高效，她劳动之前先给脸和脖子泼水，以便晒得更彻底、晒得更深远。

这显然不科学。

然而下农村那段生活不仅改变了她的肤色，还给了她美好生活的另一种定义。在那千篇一律的劳动节奏中，她看到的是剥去

这一层上了发条般的机械感之后，真正的田园生活所剩下的纯粹和快乐。"采菊东篱下，悠然见南山"并非纸上谈兵的假诗意，谁都知道拿起笔写诗和拿起锄头干活是两码事。我妈那个年代的城里孩子也得跟着父母做家务，小到扫地洗碗大到打蜂窝煤，谁也不比谁娇气。在农村生活的辛苦跟幸福感能成正比，它在我妈看来是一种值得付出辛苦的生活。

我们生活的城市虽说不上寸土寸金，可拥有一个农场对普通小康家庭来说也算是白日梦了。我妈倒不灰心，在宽敞的阳台上因地制宜浩浩荡荡地种了起来。一到夏天，青椒一串串地挂满小花盆，用旧网线牵成的简易小瓜架上胖乎乎的黄瓜苦瓜静静垂着。去年，我们家收获了第一批花盆土豆，在吃掉它们之前，老妈把一颗颗土豆从小到大排成一个圈拍照发了微博，标题叫"土豆的一生"。

我妈真正开始实现她的农场主梦想是好几年前。她工作了二十多年的单位面临改制、上市，公司费劲地大做工作，劝超过四十周岁的老员工们都提前内退。以他们的工作年限来算，改制后职级太高，人力成本远不如招一批新人那么划算。她几乎没怎么犹豫就干脆地退了。公司上市后仍在职的同事们薪水福利日渐丰厚，我妈天天浇花种菜又是另一种幸福。

绿色蔬菜从花盆里破土而出，骄傲地爬上了爸妈家的餐桌、我家的餐桌、外公外婆的餐桌乃至我公婆家的餐桌。每天早晚浇水定时施肥除虫不是不辛苦，可我妈常说忙得快乐总好过闲得苦闷。

父母那一辈人与我们最大的不同便是从来不惧付出。无论对家庭、对彼此，还是对生活。毫无保留地投入进去，忘了其他选择，有收获便开心一阵，没有收获抱怨两句还继续生活。

八十年代时邮政和电信系统还没有分家，我妈读完邮电学校就穿上绿制服开始了当电报员的生活。她念技校是为了早点工作给外公外婆省点心，让我舅舅能考大学，没想到，这个退而求其次的选择倒给了她一份虽辛苦但待遇不错的职业。小时候听妈妈说起她生我之前，每每轮到晚班又遇上我爸出差，就只好大冬天捧着个大肚子在深夜街头追末班车。她打趣地说："我们那时候穿的制服棉袄跟军大衣差不多，又厚又绿，头上还戴顶大帽子，站着不走像邮筒，走快一点就像个球！"

再苦逼兮兮的事经我妈一说，都能透出点乐趣来。

> 每个人最初体会到最骄傲的感觉，都是从自己的父母开始。

　　我记得儿时家里摆着老妈的旧照，圆圆的脸，制服帽子下露出烫卷的短发，笑起来眼睛眯成月牙形。那张照片比我妈本人要胖出一大圈，肉乎乎的可爱得很。自我记事起，她就是一个穿小号衣服还嫌大的瘦子。据说，我爸当年去北京出差想给她买件衣服，结果只有童装店里才找得到合适的尺寸。问起她，便答我生完孩子就慢慢瘦了，整个过程全自动不带一点人为努力。可想而知，每个难伺候的捣蛋孩子背后都有一个天天掉肉的亲妈。

　　我能记起的是小时候我不爱吃饭，一到饭点就逃离现场，

老妈端着碗满院子追，比动作片还刺激；至于不记事的婴儿时期我出过多少么蛾子……后来外婆当故事讲给我听，一次一集不重样，都能凑成好几季情景喜剧了。

说不清哪一年，我妈所在的"人肉邮筒小分队"随着单位分家也散作两边。当时新单位要成立员工幼儿园，这对老妈而言是个可以公私兼顾的好消息。她申请换了岗位，重新考师范学幼儿教育。才三四岁的我每天眼巴巴地盼着周末妈妈从学校回来，外婆还曾有一次见到我独自趴在书桌前，一笔一画像煞有介事地给妈妈"写信"。我妈一直留着我写的第一封"信",格子信纸上边全是造型奇特的叉叉框框圈圈点点,语言学家都未必看得明白的一个不会写字的小鬼的胡乱涂鸦。但外婆至今坚称,我看上去就像正襟危坐认真写着些什么内容,根本不是幼童乱画的姿态。

或许在我们尚未懂得阅读和写字之前,就早已知悉自己身体里存在一种无须用语言表达的情感羁绊。

这种羁绊同样还体现在我对小孩的来历产生疑问的时刻。

关于如何向未成年人解释孩子的来历,据说每个年代的父母都有不同的标准答案:80后孩子是垃圾桶里捡来的,90后孩子是充话费送的,00后的孩子是从网上下载的。

想当年我年纪虽小,却从没信过什么"捡来的"之说。

因此,幼年的我和老妈探讨这事时透着一股浓浓的喜感。

我:"妈,我是哪儿来的?"

妈:"捡的。就马路斜对面三医院的垃圾桶,知道吧?"

我:"屁。"

妈:"你看,就是大门边那个垃圾桶,每次带你打针都要经过的。"

我："你捡我的时候是早上还是晚上啊？"

妈："早上。"

我："骗人，我爸说是晚上。"

妈："你爸他记错了。他那记性你又不是不知道，看过一百遍的电视剧硬说没看过。"

我："那×叔叔怎么老说我长得像你？"

妈："什么呀，×叔叔是说你长得像你爸。"

我："我是捡来的怎么会像我爸？"

妈："……你个小不点还学会给我下套了？"

那时虽然知道了我不是捡来的，可词汇量不足，怎么也搞不明白"下套"是什么意思，结结实实着急了很久。

三

爸考试那天，我妈人刚走不到一个小时电话又来了。

她告诉我老爸考过了，满分，一把通过，不带NG（重来），省油环保帅气逼人。

如此效率，五十六岁的老爸让我这个考场内都考了三次才通过的年轻人情何以堪。我和我妈在电话里不由自主地各自流露出了不同程度的羡慕嫉妒恨。

我恨的是自己学车学得半死不活而他好像闭着眼睛就能轻松通过，我妈恨的是我爸从不让她学车。

我爸不让我妈学车是有理由的。

老妈个子小却精神足，十几年前天天骑着摩托车风驰电掣地上下班，着急起来一扭油门，顿时把原本并行的公交车甩开一条街。常在路上飙，哪有不翻车？要不是头盔护着，我妈的小脑袋早就摔扁好几回了。她只有后座上带着我的时候才会往脑内植入"安全驾驶"四个字，每个周末我坐在妈妈的车后座去学琴的时光成了童年回忆最开心惬意的一部分——家和学校之间长长的沿街风景从身边滑过，微风清浅地拂面而来。我妈常在慢慢骑车的途中念她喜欢的诗给我听，她说我懂不懂都不要紧，不必深究意思，好听就行。

我至今记得有生以来第一句无须注解就听明白了的诗："接天莲叶无穷碧，映日荷花别样红"。

就在小小的女式摩托车后座上，初夏的大风吹飞了我的水手裙配套的小帽子。妈妈为了安全没有停车让我去捡，我回过头，看着那顶镶有蓝边的白帽子如荷叶般轻巧地翻过身飘落在路中央，怡然自得地平展着，柔软的织物表面带着有风经过的波纹，在我的视野里越来越小，直到消失。那一刻，莫可名状的感觉模

> 或许在我们尚未懂得阅读和写字之前，就早已知悉自己身体里存在一种无须用语言表达的情感羁绊。

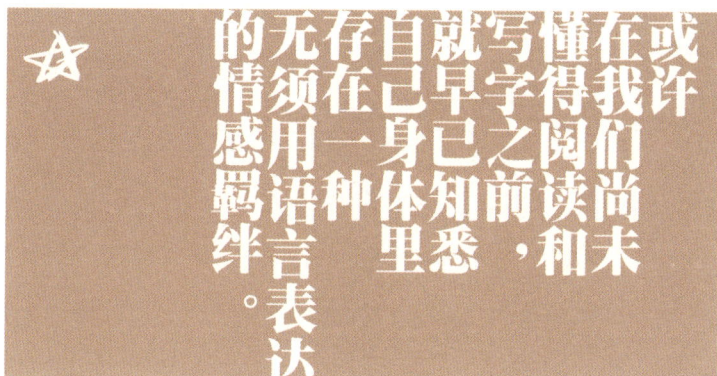

模糊糊地从我心头升起，十来岁的我并不能确定，我看见的画面有怎样的力量。

我记得当时我抱着妈妈的腰坐在后座上，依依不舍地随着车速，与我最喜欢的一顶小帽子告别。

我说："妈，我的帽子飞起来好像荷叶。"

她大概是怕我舍不得非要下车去捡，便想哄我转移注意力，念了一首与荷叶有关的诗给我听：

> 毕竟西湖六月中，
>
> 风光不与四时同。
>
> 接天莲叶无穷碧，
>
> 映日荷花别样红。

如果说是童年时期的某一瞬间触发了我心中对文字之美的向往决定了我今天所走的路，那么那一刻就是决定性的一刻。

我闭上眼睛就能看到无数带着水珠的荷叶铺天盖地拼成一片浓绿，叶片上有风经过的波纹，水珠左右颤动，荷花尖尖的瓣迎着日光次第张开……

现在想来，并非那画面有多美，只是我第一次直观地感受到寥寥几个汉字能描摹出的画面有多生动。

当然，途中吹飞帽子事件直接导致了我爸想到我年纪太小买不到合适的安全帽，再直接导致了因安全隐患而取缔摩托车作为家用交通工具的功能的决议。

那时，我幼小的心灵充满疑问：我好像一直都没有安全帽，老爸你引以为傲的安全意识终于度假归来了吗？生在集体天然呆的家庭真是件欢乐的事啊。

话说回来，封杀区区一辆摩托车又怎么能封杀得了我妈的"速度与激情"精神？记得前年我学车考理论时找老妈帮忙复习考题，其中有一题，她对正确答案稍有异议：

当驾驶人在超车时，前方车辆不减速、不让道，应＿＿＿。

A.连续鸣喇叭加速超越

B.加速继续超越

C.停止继续超车

D.紧随其后，伺机再超

我妈问："为什么不能选'紧随其后，伺机再超'？这不科学啊。"

嗯，这不科学。真的。

讲述你们唯有、

你们值得

唯有你们值得讲述

文/王臣

作者简介:

被誉为"最具汉语文字美感"的作家。其作品曾先后被《亚洲周刊》《城市画报》报道。

代表作:《喜欢你是寂静的:林徽因传》《孤独是心的猎手》

人心柔软,注定一世将为感情所累。

各种感情。因之喜,因之悲。因之欢,因之伤。因之寂静,因之喧嚣。因之离合,因之散聚。

他相信,世间所有相遇都是久别重逢,世间所有别离都是再会有期。

那些人

父亲 I

你是一个固执、隐晦、孤独的男人。

你年轻的过去他并不透彻了解，只知一些皮毛。他知道，你年轻的时候特别英俊。小镇上的男人女人都知道，镇子上有这样一个漂亮的男人。那时候，你的内心应当是温和的、清朗的、骄傲的。

他也知道，你特别有文艺天赋和运动才能。他记得自己小时候，经常听到你在家扯内心有温暖的需求，却要做出不可靠近的孤独姿态。

开嗓子唱京剧。彼时，你也不过四十岁左右。虽然风华不再，却依旧有一种青翠的生命力透出来。

只是，你年轻的生命时辰里时运不好，历尽波折磨难。所以，后来你变成一个对这个世界都不再信任的人，变得狂躁、暴烈、简单，犹如迷失的少年。内心有温暖的需求，却要做出不可靠近的孤独姿态。冷漠地对待所有人和事来保护自己。

他知道，你是痛苦的、脆弱的，你像个孩子。只是你处处小心，却唯独做下一件错事，令他与你对峙。你将内心的怨怒发泄到那个始终深爱你的女子身上，你激怒了他。所以，他经常与你吵架。一直以来，你们用彼此伤害的方式来相爱。

他知道，你们一旦彼此面对，便犹如对镜自谈。彼此的所有，看上去都是相似的。你们只是无法用恰当的方式来对待彼此在自己内心当中所不能偏移的重量。不是用力不够，便是用力过度。总是不妥。

但，你是他的父亲。你们始终是父子。他的身体里流的是你的血。于是，他亦敏感、孤独、脆弱，带着天生的一种婴儿气息。他也知道，内心始终长存的一份爱是给予彼此的。那爱，隐秘、沉重、深刻。

你们对彼此希望得不多。比如，他只希望你能够重新放开内心温柔，对待你最爱的也最爱你的人。比如她，他的母亲，你的

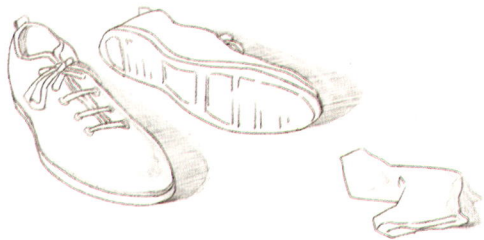

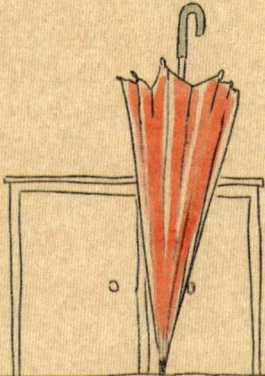

妻子。他亦知，你们不会放弃彼此，直到死为止。

下一世，你们可以做兄弟，依然是亲人。

但是，他来照顾你，他想。

母亲 Ⅰ

她小时候特别纤弱。彼时，她的老家有竹编的鸡笼，形状像一间房，中间留着窄小的门，是一道入口。她瘦小得可以钻进里面去。每次她回忆起儿时的时光，脸上都有一种少女似的单纯笑意。少女时光，她过得欢悦、轻松、自在。

那些年光，她仿佛还是一颗温顺的尘埃，未染世事沧浊。从里到外，都会透露出一种洁净如兰的气质。但后来，她长大了。变成婷婷美人之时，生之运命却波谲云诡。她被光阴颠簸，茫然不知前路，时时深陷困顿。

婚姻是一片迷雾森林。她走进去之后，开始丢失了身体里最清脆鲜丽的水分。她对自己过往的爱情绝口不提，任凭他如何逼问，也是枉然。她有自己的道德体系，并且坚固、完全。

她，素朴善良，贞静贤淑，事事亲力亲为，把周身的人情顾及得周全体面。她常年勤恳操劳，怨言始终都是很少。即便有，他听在耳朵里，亦觉得那是她理所应当做的事情。她本就应当行使所有抱怨的权利，但是她绝少。

那一年七月，她在工作的地方滑倒，摔坏了腰，恢复一年也没有康复彻底。因她总是忍不住要奔波、劳碌。他把她的一切看在眼里，却又总是酸入心底。

他时常怨及自己单薄的身体和寻常的能力。他始终期望自己变成一株参天大树，为她庇护。但这不是时间所能给予他的特例。她的身体已不如往年强健，她的面容里亦开始隐藏不住某一些喷张的倦意。

那么，这是否已证明，她真的老了。老，是一个残酷的、黑暗的甚至绝望的字眼。她默不作声地独自黯然，不让任何人知道。其实，纵然她再顽强，也始终会畏惧，年事苍老。她想，自己到底亦不过是个感情甚为细腻的平常女子。

那一日，他收到姐姐传来的简讯。姐说，你给妈妈打个电话，她很想你。然后他心里一顿，有一种酸楚倾覆而来。电话接通的那一刻，他说了一句"喂"，然后那一头便传来刹那即生的哭声。那是她最原始最脆弱的表达。他终于知道，有一种爱，无法言说。因为，太深刻。

她是他的母亲。

他爱她。

很爱。

再写母亲 I

她名字隽雅，有一枚个兰字。人如其名，自有一种洁净的气息在身体里、眼神中、举手投足之间。沧桑的面容上透出一种坚强、笃定、勇敢、温柔、善良，以及女童似的纯真。这一年，她已五十三岁。

她身材瘦小，不足一米六的身高之下有他不能企及的忍敛力与勤恳心。她年轻时，是家乡出名的美人。中年时，是他父亲眼里无可替代的好女人。年轻时，是他家族所有人心目当中最令人敬佩的女子。

她是他的好母亲。

三写母亲 |

母亲素来只爱棉布衣服，柔软、熨帖、透气，也方便清洗。她是内心淑婉的女子，尤喜爱带有碎花图案的布匹。年轻的时候，她经常买来小碎花布匹，然后自己剪裁缝衣。她有一双充满智慧的巧手。她有绣蓝的旗袍，却尤爱那件天蓝色缀有白色碎花的棉布中裙。她常年都保持着朴素的装扮，着一两件清秀洁净的衣衫，却也能穿出某一种氤氲的味道来。

她亦热爱栽种花草，除去最艰苦的那几年，家搬到哪里，哪里便会有栀子、菊、月季这样充满烟火味道的朴素又温情的花朵。她也爱牡丹，年轻陪嫁的锦被上边绣有大朵鲜艳流彩的牡丹，缭乱琳琅，十分绚烂。

在富裕的境遇当中，她清简安居，贫苦艰涩时也持家有道。她每日都起得很早，打点好所有家务，照顾丈夫和子女起居。数年如一日，将她意识当中所有的分内之事都做得周全、尽善。最终，她以一颗素朴之心在他的心中抛绘出一幅清雅的生活画卷，成为他

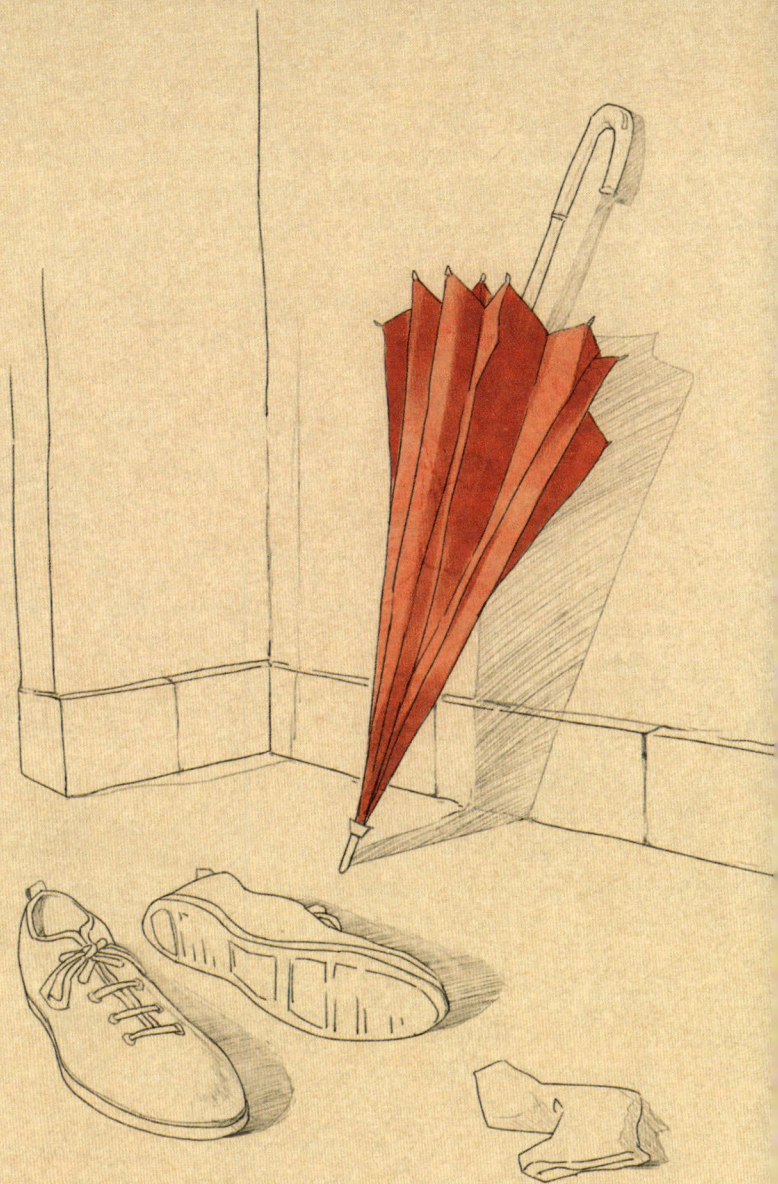

心中不可动摇的信仰。她总是操劳自己，成全别人的好。这亦是她内心身为女子的朴素之道。

素朴，它是一种生活态度，清简的、洁净的、自然的、健康的。可以充满条理，亦可随性而安。

姐姐 I

她比他大六岁。六年的时间说短也长，说长亦短，却足够一个人来爱上一两个人并再将他们遗忘，仿佛没有发生。她曾对他说，自从他出生，父母便转移了所有对她的好。纵然如此，她对他的那一点微弱怨怼，在她对他的爱面前，也瞬间就微不足道了。

他幼年时，她会帮他洗澡，彼此之间不存在间隙。他最爱吃她给他做的糖醋炒鸡蛋。那是他童年时光里最美味的东西。他第一次吃的时候，是在老家旧房子的厨房里。厨房光线很暗，并且潮湿。却有一种仿佛不朽的明媚，开始住进他幼嫩的心里，那一天。

有一次，她带他去玩。他穿的衣服是旧的，但是完好无损，也非常干净。那时候，他浓眉大眼，是那种很好看的小小少年。

就像曾经，她不顾一切地带领着他，走向强大。

那时，她有一条又长又粗的辫子，有些枯燥，也很脆弱。她经常会梳头的时候梳掉一些。也许大多数女孩子都有这样的经历，只不过她的，被他看在眼里，记在心里，总是忘不掉。

她花了十块钱请人帮她跟他拍了一张照片。她站在他的右手边，用左手轻轻搭在他的左肩上。那时候，他还是那么小，她看着竟是那么高。她穿的衣服非常旧，是绿色呢子大衣，一双干净的白色鞋子，但是已经破损了。

有一段日子，家里是艰苦的，他从无此处的芥蒂。人总是要苦过才更懂得珍惜。于是，他每次忆起那段光阴，总被她赠予的一些细碎的温暖感动得要流泪。

他读初中的时候，她开始变得有一些胖，但很轻微。有一次，他听到一个男人调侃她，男人是邻居，并无恶意，只是在开一个漫不经心的玩笑。但是他不允许。他已经从男人身边走过去，然后突然停住，又转过来，跑到男人的面前，将他骂了一顿。

没有人可以对她不好，玩笑也不可以。他是这样坚定不移地，想提前用自己并不成熟的幼嫩身体来保护她。就像曾经，她不顾一切地带领着他，走向强大。

他知道她已经是他生命的一条河流，不宽深，却悠长。他也曾是她河心里一条幼小孤独的鱼，被人遗弃在河里，不经意占据了她本可以更加温馨的生命经历。但她也不介意，并且包融、爱护、引领他。后来，他开始长大，变得强壮，却再不愿游去。因为他知道，有一种感情叫不离。

如今，他见她与幸福靠近，心中无比满意和欢喜。她出嫁那一日，她不知道，他吃饭时埋下头难过得流了眼泪。他怎么能让她看到，但她一定也知道，他的心里多么希望她好。如今他已长大，她也成家。

他要说的，也只是想告诉她：

她身边会一直都有他在。

所以，请她什么都别怕。

锦铭 I

那一年。九月六日。九点多的时候醒来，隐隐有一些预见。然后，他便接到电话。电话里男人告诉他，宝宝已经出生。刚刚的事情，六斤四两，母子平安，亦十分健康。

就是一瞬间的事情，他觉得内心生出了磅礴的暖。那暖十分迅疾、十分浓烈。他第一时间将这个消息告诉了身边距离最近的人。他因太欣慰而有些失措。这是不常有的。

宝宝的出生对他来说也是一场仪式，庄重肃穆盛大。他仿佛能从中看出时光烙刻在自己身上的印记，那么鲜明，那么深刻，那么让他着迷。这个世上有两个女人是他迄今为止生命里最重要

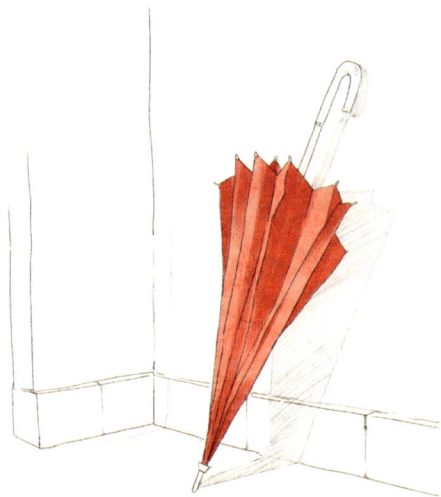

的。孩子的母亲就是其中之一。

　　他在心底对孩子和孩子的母亲说，你知道我有多爱你们。他默念心词，为她们母子祈祷了很多事。

　　他又想起一些事情，关于女人和自己母亲的事情。他觉得日后自己一定会专门为这个群体写一些文字。不是所有的女人都有机会成为母亲。于是，生产所带来的痛苦，女人总不会去介意。女人之于男人，所显现出来的人性质地上的纯良便更为隆重。

　　至于那痛，男人们则是永远无法确切地体会到。他们会去想象，但想象的局限在这时显得异常明显。有些憬悟不是想象可以带来的。

因此，寡情的男人依旧比比皆是。所以，他希望男人对孩子母亲的好会像热恋时一样细微，在他们日后更为漫长的时日里。

他想，若是有一日，自己去恋上一个女孩子，那么他会对她好，是那种细水长流持之以恒的好。他知道，每个独身的男子遇到那个命中注定的人之前都会做出最纯良的祷告。但是他知道，自己会说到做到。

感情，应当是一条宽阔清净的长河。日光照耀在上面，波光粼粼，十分美好。他对它有期待。正如他期待这个新生儿的未来。

他是锦铭。

那些事

布鞋 |

它曾消失了两年多。母亲做它的时候花
了许多时间，当中心血自不是三言两语所能
言毕。他只知，她缝制它时，已经开始需要
戴着老花镜来辅助视线。这么一想，他便觉
心酸。若是光阴能够温柔，那么他觉得理所
应当给予这个美丽女子，他的母亲，多一些
爱与欢喜。

它看上去大约是不起眼的，甚至有些简

陋。白色硬泡沫塑料底，天蓝色绒布衬里，黑色灯芯绒鞋面。它总是安静地躺在角落，有一种孤绝的气息淌出。

毕业那一年，他正式独自闯荡。离开的前一日，他整理衣物时，竟意外地在衣柜底层将它找出。它一直被稳妥地安放在原本空置的方形纸盒里，他竟不知。但这一回，他明白，无论何时，它其实都是在被自己悉心善待的。纵然它与他，曾有两年光景，咫尺未得见。

这一年腊月，他准备回家过年。离时，背包和行李箱都已满当。原本是要放下的，却在关门那一刻，望见它。于是，他款款一笑，便再次走过去，蹲下身，将它重新拾起。然后，将它好好地放进一只干净的白色塑料袋里，拎在了手中。

这样回家，他心里便踏实了。

旧房间 I

印象当中，他的旧房间不过方寸之地，面积很小。一张床，一套桌椅，一个小衣柜。然后，再容不下别的。他记得有一面

墙，被母亲贴满了他入学之后得到的奖状。父母通常总是热衷做
一些炫耀子女长处的事情来。彼时，他对父母言听计从。看上
去，与意识当中的乖巧少年别无两样。

他在这个房间里度过了好几年。他记得有一晚，他犯下错
误，然后被母亲训斥。在教育子女的时候，她从不含糊，始终凌
厉严肃。彼时发生的事他已无法清晰回忆，那些画面仿佛被泼了
水的书画，氤氲了笔锋和色块，已经模糊，但他依然能够隔着光
阴体会到那一晚的心绪。有酸楚，亦有轻柔感动环绕心头。那是
来自父亲的。

他记得自己被母亲训斥后钻进了被窝里泪流不止，伴随着断
续的呜咽。他在极力克制内心的委屈，始终一动不动。那时，他
太年幼，还是个单薄孩童。

父亲看在眼里，心里大约是不忍的。于是父亲来到床边，伸
出手抚摸他的脸颊，对他说了许多温柔的话。他记得父亲的脸上
一直有慈蔼的笑容。对他笑，那是父亲所理解的最好的抚慰、劝
导。于是，他知道，即便后来，父亲因为诸多变故变得冷漠、暴
躁，内心也依然质地温柔。那是他所能记得的，与父亲之间不多
的深情交会。如此珍贵。

它总是，
安静地
躺在角落，
有一种
孤绝的气息
淌出。

又隔了数年。于是，在这个旧房间里，发生的事如同风中的尘埃、纸片、沙粒，在记忆当中积淀出了层次。当他重新回到那个狭小的房间时，用手抚摸斑驳的墙面，抬头看有裂痕的天花板，站在房间中央顿足或者转圈，心头便会不可遏制地涌出浓稠的温热。

那么，这大概就是往事了。他想。

橘光灯盏 I

那是属于泛黄时光里的旧物。即便不去触摸，甚至不能再见，只要回忆起来，心中便自生一种氤氲的温暖。

儿时住在小镇的时候，他记得，家里断电的时候，母亲总会从暗处引出一道暖黄的光。她小心翼翼地从暗处走出，光照在她的面容上，映射出温柔的轮廓，眉眼可见，神韵也是错落有深浅，都被那充满情意的光照见。她手中拿着的定是那盏落了旧色的灯。

她听母亲说，旧年那一段非常时期，几乎每天都有停电的时候。于是，每一家每一户都会备下应急来照明的物件。大多数是蜡烛，也有马灯和他说到的座式煤油灯。

这一种座式煤油灯灯高一般三十几厘米，分为底座和灯罩两部分。灯芯从底座中间的裂口探出，灯芯大约一指宽。点燃之后，用灯罩套上即可。灯头旁边会有旋钮，来上下调节灯芯，改变火光明暗。煤油灯的底座一般是玻璃质的，也有锡质的。他老家的那几盏灯底座是玻璃的，可以看见底座内部的煤油量多量少。这便是它的所有构造。

他记得，他曾借着它的光在格子纸里写字。他曾借着它的光与姐姐翻花绳。他曾借着它的光找寻丢失的玩具、钥匙、铅笔、橡皮和时光。他曾默不作声全神贯注地盯住火光，直到眼睛酸涩难忍，流出泪来。不知为何，每每忆及那橘光灯盏，他总会生出潮湿的感动。

与它有关的记忆已成碎片，但以一种苍凉却又隐隐偕着暖意的姿态在他灵魂当中织出朴素温柔的画面。他若是不提它，怕是很少有人能记得了，甚至是不知道吧。

她小心翼翼地从暗处走出，光照在她的面容上，映射出温柔的轮廓。

老自行车 I

搬家时，母亲一直不舍得丢弃它，大抵是因为它附着了太多母亲过往的记忆和生活痕迹。那时候，她年轻貌美，会坐在它的后座上，让父亲骑车带她去逛荡。彼时，年轻的这一对人内心一定是雀跃欢喜的。

于是，即便它已安然躺在角落很多年，但每次看到它，依然令母亲内心柔软，生出对旧日时光的恋慕。于是，母亲无法不去在意它，就如同她无法不去在意当年她环抱着他的腰骑过陌生小路时的内心感动。

它的牌子非常有中国特色。凤凰。凤凰二字字体遒劲潇洒。母亲说在那个年代，拥有这样的一辆自行车已经是十分难得的事情。于是，即便多年之后，依然会经常见到母亲给它擦拭，让它始终保持一种洁净的姿态，如同照顾一件家传古董或者一个新生的婴孩。

总是悉心，并且用情。

照片 I

母亲和父亲的结婚照是一张很小的黑白照片，具体尺寸他也无法确定，大约掌心大小，并且是经过波浪裁边的。上面的母亲有一双麻花小辫，清纯秀丽。父亲面容俊美，样貌十分出众。据说当时，父亲非常具有文艺气质，能歌善舞，各项体育运动亦都十分拿手。拍照那一刻，大约是他们最美丽的时光。真是一对非常好看的人。男才女貌。

记忆当中，他还看过母亲一张非常好看的照片。短发，穿着天蓝色中裙，倚在一株花树旁边。笑容如洁净的云絮，充满善美。那时候，她大约三十五岁。他没有去询问母亲确切的时间，这是属于他自己的记忆，即便不够准确，也是一种怀念。

他所能回忆起的照片，大多都已泛黄。唯一还有光泽的大约是那张与姐姐的合照，还有他念书这么多年的几张毕业照片。他总是站在后排，神情寂静，从不显眼。于是，他也明白，他骨子里就有一种落寞孤寂、十分冷淡的天性在。

照片，有时候，毫无意义；有时候，却又让人倍加珍惜。没有被画面记录的时刻或许更值得怀念，只是不容易想起。翻看旧照片时，那些时光与被分离出去的人和事，被再次合拢。虽然他也知道，太阳光下被照相机的镜头定格的那一刻，时间便被燃烧，并终将灰飞烟灭，带着宿命的意味。

十八岁之后，他绝少给自己拍照。直到现在。

别离 I

十八岁离家，已经四年有余。因骨子里有一种独自的天性在，于是不自觉，他便日渐将所有感情收束，置于暗处，不轻易示人，并成为一种习惯。旁人所见的都是他不以为然的。真正会伤筋动骨的感情，他定然会小心翼翼隐藏于内心深处。于是，他变得孤傲、冷漠，狂放不羁。

他以为，是为男子，理应冷静沉着，稳重待人处世。感情是羁绊，一触及，便难以收定。它本身就即是多变的，不安的，波折的，不可预测的，充满危险的。对待感情的态度，始终认真，甚至虔诚，只是他知道自己不是一个擅长处理感情事的人。而今，他选择的方式十分逼仄，但安全。无对无错，这是他的选择。

每次离家时分，他总是不安。因他知道母亲是个性情柔弱的人，对他感情至深，会不舍。见到母亲帮他收拾行李，表情惆怅，便知道母亲是在伤心。他一再从她身边离去，且每一次去往的地方都较之前更远。他终有一天是要离开她的吧。即便他不愿，一切的生命时辰也都是有限的。他也无法。

今次，她依然来送他，在去往车站的车上彼此一言不发。抵达车站之后，他去买票，她便看顾着他的行李，朝他的方向张望。那目光已不如他少年时清澈有力，他见她眯眼看他时是那般用力，心里便疼痛难忍。她竟已这般苍老，却依然如他初次离家时那般，在他拖着行李离开时，表情微微扭曲，然后转身落泪。

他与母亲之间的感情羁绊是天然不可断的，只能愈浓愈烈，径自往最深处奔赴。别无他路。一切情喜情悲的真意外露都是残忍的。他不知如何是好，难以应对。纵内心情烈意浓，也是无言表达。他知道，一年里，大约也只有母亲才能令他内心惆怅，甚至酸楚。

感情是汪洋大海。人心柔软，注定一世将为感情所累。

他有时一他即
也限辰切不便
无的也的愿，
法。都生
。是命

　　各种感情。因之喜，因之悲。因之欢，因之伤。因之寂静，因之喧嚣。因之离合，因之散聚。

　　他相信，世间所有相遇都是久别重逢，世间所有别离都是再会有期。

　　在去往北京的列车上，写下以上的话。

年事 I

    订的是1月31号的机票回家过年。每年至少回家一次，多则两三次。因为工作性质的缘故，时间比较自由，春节总要在家里待上至少二十天。平日回家看望父母，也会待上一周左右的时间。虽然陪伴父母时间不算多，但比上不足比下有余，也算安慰。

    毕业之后一直居无定所。初在北京，也去过深圳，现暂居成都（许会定居也未可知）。从成都飞往南京，再转巴士回老家。三四个小时。老家所在地级市很小，小到随时走在大街上都会碰见熟客、亲友。

    经年不见，难免寒暄。恼人的是，诸位开口聊的皆是跟去年、前年相差无几的内容。你有恋爱对象了吗？混得怎么样？收入多不多？买房没有？以后有什么打算？当然，我会一一老实回答。只是，不免会想——彼此未见已是这么久，难得小聚，本可以一起吃饭、喝酒、玩乐，温故温故旧日感情，如果昔日相处还不错的话。

    但后来发现，对我的私事甚有兴趣的，多半都是泛泛之交。旧日相处愉快的好友大多都懂得给彼此留下空间。都知道，一年难得几回聚，时间不多，也都更愿意花在愉悦的事情上。因为大家知道，这些事，多半顺心顺意得少，何必又来自寻烦恼。

好奇害死猫。于是，改日再碰见毫无创意只热衷谈论彼此私事的那几位，都是绕道而行。其实呢，别的问题都还好，一问到感情事，我多半都是谎话连篇。至于别的事，原先还真的会好坦诚地回答，到后来，也就都统一答案敷衍过去。四个字——马马虎虎。

我父母一般不会询问别的，只是叮嘱"好好照顾自己"之类。当然，工作和收入方面的问题，我向来对他们是非常坦诚的。他们也都了如指掌。只是，临走之前，必定会有一整晚的时间来跟我讨论男婚女嫁的问题。而我的感情生活又实在特殊，不方便说，也实在是不能说。

我是个私心很重的人，对不打紧的人向来不太在意。人的精力是有限的，周全这件事，是个无底洞。所以，干脆也就不在乎甲乙丙丁怎么看待自己了。唯独父母，我太在意他们这方面的感受了。大部分父母都是很传统的人，我的父母也不例外。

母亲还有些重男轻女，家里有长姐，也已结婚生子，生的是个男孩。但这些都不足以令我母亲高兴。她就只盼望我能早些娶妻，也再生个男孩。最要命的是，她会威胁我。譬如，拿自己日渐苍老的年纪当由头，说生怕自己有生之年抱不上孙子。

一听到这句话，我必哑然。又真心的，好惶恐。虽母亲讲这句话，目的明确，但又实在不是不认真的。她年近六旬，也该是儿孙满堂的时候。可是，我真的没有办法跟她开诚布公，说一说自己的感情真相，说一说埋藏心底许久的心里话。

因为，我知道我是没有这个权利给她增添额外的负担和伤害

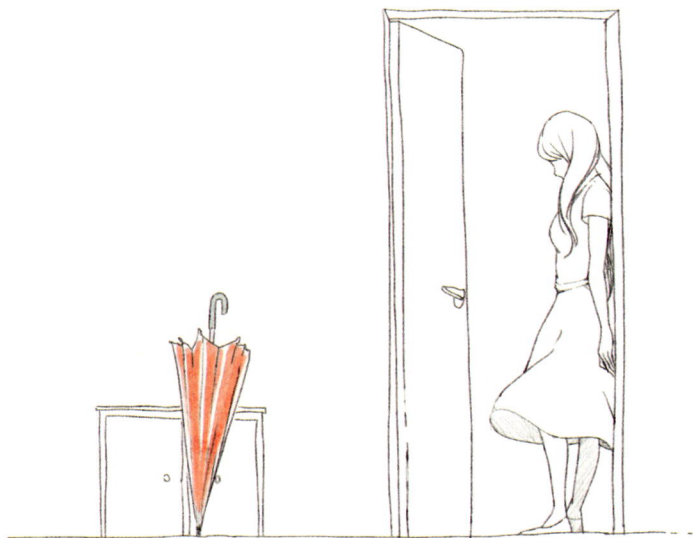

的。我也实在茫然，进退都是错。这几年，都是硬着头皮谎话连篇地瞒天过海。但是，纸包不住火，早晚都是要露馅的。

所以，有时候，我会异想天开。想着，哪一日，父母豁然开朗，把爱我的本质深化一些，比如"只要我儿子过得开心，我们

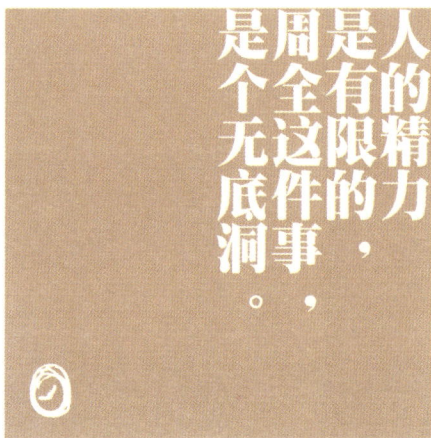

人的精力是有限的，周全这件事，是个无底洞。

这一辈子也就值了"。只是，你我都是凡夫俗子，谁会没有私心呢。将子女养大成人，总是难免会想着——他们要变成我希望的样子，而不仅仅是他们自己想要的样子。

我又实在还没有那个智慧，能够影响他们的思维和虑事角

度。而自己本身，在心底多半也早已屈服。而今的强撑顶多也只是苟延残喘，为自己的私心多争取一点时间。

因此，我知道，很可能，哪一日，我也便顺从了他们的意思，急迫地完成这件事，娶妻生子。将来唯一可掌控的，也就是我的子女，想着无论他们将来从事什么行业，爱上什么样的人，想要过什么样的生活，只要不违法，讲道德，过得幸福，一切都是最好的。

行李尚未收拾，未来也不成样子。

岁月无几，不想与君论嫁娶。但日子总要过去，只能盼着，将来的某一日，父母忽然洞悉爱之真相，跟我心意相通，有了默契。能够成全我，成全自己，成全我们的未来原本可以过得更好的那个样子。

小镇时光 I

有十多年的时间，他在南方一个小镇生活。记忆当中的小镇总是有一种温暖的气息在，有点慵懒，有点暧昧，但是清怡、净爽。

　　门前，母亲用一口褐色为底绘有金花纹路的大缸种了一株栀子树。后来母亲怕约束了树，又在门前砌了一个简陋的花坛，然后把栀子树移植到土地里。于是，次年，便开出了碗口大的素白栀子。

　　每日推开门，便有一股清香拂来，是一种带着亲人气息的花香。吸进身体里，隐约一种流转之态，仿佛整个人都变得轻盈起来。这是母亲最爱的花。母亲亦是他所遇的最美丽的植物女子。

　　老家的厨房与卧房分开，分别在一条石砖小道的两旁。厨房后面是横穿小镇的一条河。从来都没有名字。小河原本清澈可见水草和游鱼。到了夏天的时候，会有许多少年光着身体在河里游泳。少年夏不安，嬉闹声，划水声，清脆笑声，声声入耳。

　　于是，他便猛然觉得那整个夏天都有一种亮堂的暖，却不是炎热。看那河水尽头，仿佛会盛开出大片向日葵。开在水中的向日葵，是一幅不可仿的画，因为当中有不可复制的单纯又悠扬的少年时光。

　　念书的时候要步行十多分钟，也就十多分钟，便走到小镇尽头。他小学的学校在两片农田中间。走在路边，会有清风吹过。空气中尽是清新泥土和菜蔬的气味，令人觉得心定，又愉悦。偶尔会在放学时候，走在田塍上，抽一枝柳条，学大人吹哨。

　　母亲说，少年时的父亲便正如他那般模样。干净、清秀，走着走着，便觉有一缕风从额前掠过。那是光阴的痕迹。

　　会再回去看一看的吧，牵着母亲的手，然后回头看姐姐拉着父亲在笑。有一些爱，即使不诉说，彼此也定会明了。好比，心中盛开一株花树，然后月光爬上树梢。不用言语，看着便自生一种和睦，也知岁月与己在快乐变老。

　　如此，唯愿现世安稳，时光这样过去就好。

酒
乐
花

酒·乐·花

文/云狐不喜

作者简介：

作家。喜游荡，喜肉食，爱美男。旅行途中收获小说二三。
代表作：《永劫之花》

他们从来不说，但是日日夜夜都在牵挂我。

父母犹在，我却远游。

甚至于他们珍爱的那株茉莉，都不是我亲手种下，送给他们的。

始自

我父母是一双妙人。

酒

我父亲极其英俊——这个优点他自豪至今，所以一定要单列一行。

他曾有一次和母亲吵架，母亲怒斥："你凭什么认为我会原谅你？"他想了一想，严肃答曰："长得帅！"

我母亲瞪着他瞪了半晌，扑哧一笑，结

束战斗，去给他洗手做羹汤——由此可见，长得帅有利于社会和谐、家国富强。

他还写得一手好字，词填得也佳妙，转业那年一阕《蝶恋花》，其中一句，"青山依旧，白骨欺山小"，字字惊人。

据说我出生的时候他不肯抱我，外祖母想把我递到他手里，他连连退后，仿佛我不是他女儿，而是个拉着引线的炸药包。

他的理由倒也质朴，说觉得我软趴趴的，一抱就断的样子。

他喜欢喝酒，各种讲究，比如董酒要什么杯子、茅台什么小盅、自家浸了花的酒要用盏、战友家自酿的高粱酒要用粗瓷碗、舶来的清酒要用松木做的烫酒的斗子。

讲究成这样平常还不喝，还喜欢琢磨个天气情调，天气特别好和特别坏才能来一点，全副阵仗排开，抿过几口，施施然得意着再把他的酒具收回去。

后来我大了点，他就教我喝，怎么品怎么尝，什么叫回甘什么叫入喉。我懵懵懂懂学了好长时间，最后表示好辣，不喜欢。

父亲呢，妙就妙在这里，当他发现喝酒确实需要天赋的时候。他决定教我另外一个本事：假装自己会品酒——我觉得此后若干年直到现在，我在假装自己有品位和假装自己是个文化人方后来他大了，我就教我喝，他就教我品，怎么尝，怎么回甘，什么叫入喉，什么叫回甘。

面至少能装三天，都是靠父亲给我打下的好底子。

我小时候是个闯祸的祖宗，曾经有一次伙同表妹去爬枯河里的老水门，爬到中间上不去下不来，吊了十几分钟，才被路过的人拽了上来，两条小命勉强保下。

当时两个小闯祸精加在一起不到十岁，打也打不得，骂也听不懂。我娘气得牙痒，我爹阴森森地给她呈上了一个惩处良方——我会告诉你们，那个夏天我用筷子整整抓了一千条有害的毛毛虫吗？

中间我无数次萌生把毛毛虫直接扔进他的泡酒罐子的恶念，大抵是我恶狠狠地看他的泡酒罐子次数太多，有一天，父亲一手牵着我，一手抱着装了西凤酒的玻璃罐子，把我牵到了家里存放中药的库房。

我那时候小，要举着手臂才能让他牵着。

午后的阳光暖融融的，一束一束地从天井里透下来。

地上的青砖斑驳得厉害，但是每一个棱角都圆润玲珑，中间的缝隙里有很薄的灰，在阳光里随着脚步扬一点起来，细细的，很有意思。

库房在二楼，搭着梯子爬上去。木头的门上头还有不知哪年贴上去的封字，白底黑字，残损得厉害，倒也不难看。

库房很高，但是一点都不潮，地上是一层有点湿的石灰，放贵重药材的柜子旁边是好几个石灰坛子，预防着除湿。

父亲把罐子放在桌子上，他用下巴点点面前那一列一列高到顶棚上的药柜，让我想往他的西凤罐子里面加什么就加什么。

于是我往里面丢了一棵人参。

他点点头。

我丢了一大把枸杞。

他继续点点头，眼睛里还有点孺子可教的意思。

然后我就开心地朝里面丢了干蟾、绑在十字架上的蛤蚧、灵芝、夜明砂……

当我把白花蛇、鹿茸、虎鞭和海马也丢下去的时候，我爹就有点笑不出来了。

我最后朝里面扔了鳖甲，然后用力在地上蹦跶了几下，用体重优势把盖子朝下压，勉强把盖子拧上，他扭过了头去。

总之，药库之行我爹被我娘以"小孩不懂得珍惜东西，你也不懂？"为由骂了个狗血淋头。我爹嗯嗯嗯嗯，您说得对，您说得没错，但是我答应了小孩儿不是？这样敷衍了过去。

至于那瓶西凤酒，被他换了个大瓶子，珍而重之地放在了客厅的博古架上。

舅舅第一次看到这个豪壮的药材比酒多的瓶子时，很是吃了一惊，说，姐夫，照你这泡法，这酒抿上一口，人就得没吧？

我爹一本正经，说这酒吧，是泡来吊命的，看这药材，只要人没死透，一口灌下去至少能活俩钟头。

于是，二十多年后，这瓶活人喝了得死，快死的喝了……不知道是彻底死透还是能多活俩钟头的酒，就这么待在我家的架子上。我估计，它得永远这么待下去了。

他对我说，得言而有信啊，我答应了你，就得让你干。就算你胡干……那不也得让你干？

他从不曾对我说谎，从不曾对我失信。

他有一年重病，当时我远在异国，无人告知。他躺在手术台上，我在海边开怀。等我回来，他摸摸我的头，告诉我，小时候我和他拉钩，说他要活到一百岁，他不能在这件事上骗我，怎么也得活到那时候。

他会把我抱在怀里，对我说，爸爸爱你。

我当时号啕大哭，不能自已。

他这么说，病好之后，就戒了烟，每天去跑步，就只为了不能骗我，要好好活到一百岁。

父亲就是这么一个人，他妙得很，孩子气，喜欢笑，笑起来也像个孩子。

他喜欢骗我，拿一把我喜欢的酒心糖摊在我面前，勾得我口水都要滴下来了，再坏笑着一个一个全吃完，然后把自己腻得一晚上都吃不下饭。

他会把我抱在怀里，对我说，爸爸爱你。

是的，他爱我，我亦爱他。

我只希望他这么妙下去，长命百岁，安乐康健。

乐

我母亲长相普通，虽然我认为她美得如同老梅。

她也是个一等一的妙人，做得一手好菜，一人打理我们父女两人，把我和我爹生生惯得衣来伸手饭来张口。

她是职业女性，闯得好职场，三十多岁跟着我父亲背井离乡数千里，从极南到极北，放弃一切，从头打拼，结果退休那年稳稳当当比我父亲高了两个级别。到省里开会，我母亲带队，父亲随行，在外面得喊她一声"郑主任"。

但是她最最得意的，是自己的一副好嗓子。

她嗓子真好，记性也好，多难学的歌听一遍就能唱，自己打谱和原谱分毫不差。

母亲小时候是考上过音乐学院附中的，外祖父拦着不让去——她这么说的时候，没一点遗憾的样子，反而有点没心没肺地傻乐。

于是，她也就认为我得跟她一样。

我这个年纪的人，大抵小时候都学过几样才艺。一个星期总有那么几天是坐在父母的车后架上，一脸苦大仇深百般不情愿地被拖进少年宫或者才艺班的门。

那时候跟我一个班的小孩，现在很有几个出息了的。有音乐学院留校的，有当了流行歌手，有开了个唱的。还有个妹子在印度矢志复原佛教音乐，想见她除了过年上她家拜年，就只有翻飞机上的杂志了。

自己的东西
自己拿
——她
就这么简单
地告诉我。

我呢，这辈子在才艺这档子事上，可以非常自豪地说，学了五车，件件平常，样样稀松。

第一个学的是唱歌，我唱歌已经不是跑调不跑调的问题了，而是调和我互相都找不着对方。

我娘觉得这不能，这必须不能，于是她把我送去学手风琴，她陪着。结局就是，她到现在每天都在家里拉一段琴，自拉自唱，我已经不记得五线谱到底是个什么东西了……

但是我也没在这种事上吃什么苦头。

她虽然十分积极地让我学这学那，但是从来不会拎着我的耳朵说，小兔崽子再拉不来这曲子，今天晚上就别吃饭！

我学琴的时候，年纪和身量都极小，就比手风琴高一半。但她是从来不肯为我拿东西的，她宁肯为我做辆小拖车，让我猴子拖口袋一样拖着我的手风琴。

自己的东西自己拿——她就这么简单地告诉我。

她推着车，我拖着琴，一大一小迈入少年宫，也是当年一道风景。

然后大概学了一年，教我的老师直截了当地跟她说，您比您女儿有天分多了，要不我教您？

然后我就瞅瞅她，那时候估计我还没有形成现在这样招人烦的死鱼三白眼，眼神还是有点可爱的。于是她也就瞅瞅我，想了好一会儿，她跟老师说，学不出来就算了。

——我学琴的整个过程，她就叮嘱了这么一句。

嗯……学不出来就算了，结果我就理所当然地没学出来。

在我决定不学了的那天，她拍拍我的头，说，曲子还是拉不

出来？

我说，嗯，拉不出来。她点点头，说那会听吗？我说会，听得出来好坏。

当时她骑着男式的自行车，我坐在她的车前梁上，后座上面驮着我的手风琴箱。当时是冬天，一张嘴就呼呼灌风。我缩着脑袋和肩膀，她把我朝怀里搂，我全身就只有后背那一块是暖的。

其实我觉得愧疚，我总觉得她似乎是把一个未竟的梦放在我身上，若我没有完成，她不说，但是会难过——后来我长大，我才发现我那时候多么无稽：她那样的女人，哪里会把梦想寄托在别人身上？她纯粹是觉得她是老鼠我就必然会打洞而已。

她呼哧呼哧骑过一个上坡，才喘着气对我说，那就行，没白花钱。

这就是母亲的妙处。

她于人于世都有一种通透圆润的练达，几乎可算是老庄式的随遇而安。

能不能拉出完整曲子不重要，能不能成名更不重要，我知道

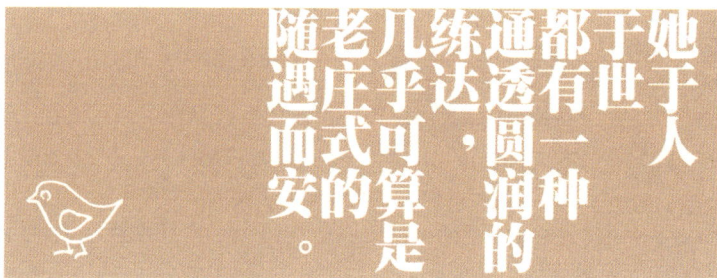

她于人于世都有一种通透圆润的练达，几乎可算是老庄式的随遇而安。

什么音乐好听，这就好了。

全心全意尽了全力去做，然后不喜欢也可以，不成功也可以，都没关系。

"只有接触了，才知道自己会不会喜欢啊。"

她教我听戏、赏花、看画，教我如何品尝美食。她认为这个世界美丽斑斓，从头到尾。

父亲教我喝酒，我苦着脸觉得那东西难喝至极。她就带着我去荷塘里折了一枝荷叶，她说她小时候外祖父就这么喝酒，用荷花的茎来滤，去了酒气又清香。

这事听起来风雅、干起来疯。两个人弄了一身泥水才摘到荷叶，一路雄赳赳地拎回去，酒刚被倒进荷叶，就"哗"的一声全部从旁边漏了出来……原来是我们摘的时候太粗暴，荷叶上面全是被指甲掐透的印。

父亲哈哈大笑。母亲则沮丧得要命，她板着脸转身去洗碗，洗得乒乒乓乓，好似在和打算洗劫厨房的外星人战斗一样，晚上我睡了，她才偷偷跑来跟我说"对不起"。

她一向把我当大人对待，和我说话全用商量语气。

她从来没有逼迫我做什么事，她让我决定自己的人生，只为

了让我对自己负责。

我犹记得，她问我要不要学书法的时候，为了好和坐在沙发上的我一样高，特地蹲在地上，只为我不用仰头，就能看到她的眼睛。

她会把我抱在怀里，对我说，妈妈爱你。

是的，她爱我，我亦爱她。

我只希望她这么妙下去，长命百岁，安乐康健。

花

我父母都喜欢花。

父亲喜欢盆景，但是伺弄不好。人家的盆景郁郁葱葱，要么玲珑剔透，要么遒劲苍郁，他的盆景不知为何，总是生得一副粗粗壮壮东北大汉的样子。

他也不介意，就乐颠颠地每天去弄一弄。其实吧，他既没技术也没审美，就是跟风。老战友给盆景买了个亭子，他也买一个；隔壁大爷给盆景加了个小人，他也加一个。不管好不好看，那是我那个月出生，母亲和父亲一起种下的。

总之就是很开心地往上摆。

我舅舅每次路过他的一阳台盆景，都要背着手摇摇头，他还每次都嘴欠，非要我舅舅给个评价。舅舅就看看他，再看看盆景，再看看他，然后长长地叹一口气，怜悯地摇摇头，也不说话，就背着手转回屋里，去喝我娘给他泡的茶。

我爹还觉得挺美，他用精神胜利法认为他的盆景必然已经到了绝色地步，无须开口，赞美之意就可意会。

我说，真意会那得是点头吧爹？他说，那是你舅舅觉得自己养不出来，是给自己叹气——我觉得我长这么大，所有盲目乐观瞎开心的劲头都是从他这儿来的。

我娘是养牡丹，她就是觉得这花开得又大又好看，浇点水晒晒太阳就能活，质朴刚健，十分硬气。

饶是这样，就连这么质朴刚健给点阳光就能灿烂的牡丹，都没有一盆能在她手底下活上一年的，捧回来能活一个月，那就算这牡丹生命力旺盛，是条汉子。

但我娘那是一个胳膊上能跑马、内心一米八的健壮纯爷们，她琢磨了一下，悟出一个道理，那就是中华牡丹千千万，不行咱就天天换。

于是每年春节，到我家拜年的人交口称赞她养得一手好牡丹的时候，她都笑容可掬地说，那是，上个星期刚换的。

——她比我爹强在这儿，她有自知之明。

能让她这么个辣手摧花的主儿精心细致、认真侍弄的，是家里的那盆茉莉。

那盆茉莉是她和父亲一起照顾的，长得极好，开花的时候，从一楼到六楼全是茉莉香，家家都来讨枝，现在院子里所有茉莉都是它的子子孙孙。

那是我出生那个月，母亲和父亲一起种下的。

我是我母亲的第五个孩子，在之前，她有一个名字叫云、还未满月就夭折的女儿，和另外三个甚至来不及出生就死去的女儿。

我是她三十二岁那年生下的，怀孕伊始，医生就告诉她，我要是保不住，她就几乎没有生育的可能了。

母亲当时有流产先兆，好不容易保住我。在我出生的前几天，她跟父亲一起种下了这株茉莉。

父亲去山上挖来了最肥沃的土，她把小而娇嫩的绿枝埋进了土中。

她说，这茉莉要是能活，我的孩子就能活。

于是这茉莉活了，我虽然早产且难产，但也挣扎着生了下来，活蹦乱跳地活到现在。

他们小心翼翼，照顾这株茉莉。

为它剪枝，修去多余枝叶，培土沤肥，冬天为了它开窗，小心翼翼地拿布条把它围起来，不让它吹风，它简直就像是他们的第二个女儿。

也许就是第二个女儿吧。

我少年离家求学，在外漂泊的日子已经超过在他们身边的日子了。

那株和我一样大的茉莉，大概就是他们眼中，一年见一次面的女儿吧。

说起来，也许冥冥中我和这株茉莉真有一些神秘的联系。有一年，我在广州突发高烧，烧得神志不清，室友三四个钟头就要给我换一次被汗透的被褥和贴身衣服。母亲忽然打电话过来，她问我是不是生病了。我说你怎么知道，她说，哎，茉莉的叶子忽

父母犹在，
我却远游。

然掉光了，我就觉得你生病了。

　　那一瞬间，我只觉得我不孝，我让他们担心。

　　他们从来不说，但是日日夜夜都在牵挂我。

　　他们担心我到去看一株茉莉，看它是不是枝叶被碰掉，或者有无虫害。

　　父母犹在，我却远游。

　　甚至于他们珍爱的那株茉莉，都不是我亲手种下，送给他们的。

我在电话这边呛着嗓子装作毫无问题，母亲来回盘问，最终放下电话。

我知道，其实她是知道我一定不对劲，她担心不已，但是她尊重我，我不说，她就假装不知道。

我自始至终，都是父母放在掌心，最小心翼翼地守护的一株幼芽。

终亦。

我生而有幸，为他们的女儿。

我已不能原谅过去时间我曾侍奉
文/一夏

作者简介：
80后，警校毕业的法律工作者，即将上市《沉罪室》系列。

　　时光流逝间，爸爸的头发已经满是花白，妈妈眼角的皱纹又多添了几条，我一注意到便紧张不已。我开始买大量的化妆品给母亲，想留住她的美丽；我开始陪父亲散步，想排解他对生活的焦躁苦闷。

　　可我能陪伴他们的时间太少太少，我能改变的东西也是少之又少。

　　在岁月面前，人的力量总是显得太过于卑微。

世上最爱我的那个男人

我和他总是针锋相对，从小到大，争吵无数次，每一次都会把矛盾上升到最激烈的程度。

他思想封建，坚持棍棒底下出孝子、枪杆子底下出政权的理论，我一顶嘴，他就会拿出那根与手掌一般宽的竹棍来。

我真的太恨他了。

每次挨完打，都会产生这样的念头，也总是期待着，自己能快点长大，长大了，就能离开家再也不用见到他了。

对那时的我来说，没有比时间过得更慢

的东西了。

我们吵架的理由丰富多样，层出不穷，最常见的就是和读书有关的任何事情。我不是个好学生，或者说，我从骨子里厌恶这种机械的、为了应付考试而存在的活动。

父亲不一样，他出生在北方的一个小乡镇，经过高考才离开了那个一直到现在都还闭塞、贫穷的地方。他总觉得，我也该如他一般刻苦读书，该有凿壁借光的精神，直到出人头地，直到吃穿不愁。

我冷笑，难道只有那样按部就班地学习考大学，才是生活的唯一出路吗？

他一旦说是，我便顶嘴，说家中某一位亲戚没念过书，做了生意，现在也过得很好。

他听到后就会开始骂我，骂我不长进，顺带限制我的自由，让我抄写课文，否则，连觉都不让我睡。

我真的太讨厌他了。

讨厌他一言不合就暴力相向的脾气。

因为比起身体上的疼痛，我更觉得自己的自尊在受辱。

手臂和腿上一条条暗紫色的血痕，让我在同学面前总是无地

对那时的，我来说时间没有比时间过得更慢的东西了。

☆

自容。

　　我真的太讨厌他了。

　　我偷偷用家里的相机拍下了腿上、身上的痕迹，洗出照片后就想去派出所告他，结果被他发现。他很在意我的行为，撕掉照片后收起了相机，又开始罚我抄写课文。

　　我一边抄一边哭，眼泪落下来滴在作业本上，写出来的字都被晕染开来，我用手抹了又抹。

错的是他，明明是他。

电视上都说家庭暴力是违法的。

越想越伤心，越想越生气。

气得竟用笔在湿润的纸面上重重地画了一道。

数十页纸张被我划破，钢笔尖也弯了向一边翻着。

我停在那儿，内心恐惧。

他果然看到了，走过来，从我手里抢过本子认真地看了一眼
后便又扔回我的脸上。

因为比起身体上的疼痛，我更觉得自己的自尊在受辱。

他说："你有什么出息？"言辞中满是鄙夷。

我看着他，大喊："关你什么事，我不要出息，我不要你管，我要告你，让你被抓起来，等你坐牢后就再不会有人打我了。"

他自然气得暴跳如雷，转手拿起竹棍就开始打我。

我疼得受不住，就开始求饶："爸爸，我错了！""爸爸，我以后再也不敢了！""爸爸，我会认真学习，不要打了……"

这不是认错，只是为了不再继续挨打而产生的妥协。

因为我从心眼儿里就没觉得自己有什么错。

我大喊大叫，哭得歇斯底里。他终于停手，然后让我把本子粘好重新抄写。

我怎能不恨他，那支钢笔后来被他修好后又给了我，他说要我记住，记住自己说过的话，记住自己犯过的错。

我当然会记住，记住自己是怎样被打，记住自己像个可怜虫一样求饶的模样。

总有一天，我会离开你的。

每次看见父亲的背影，我都会默默地发誓，等我长大，我要走得远远的，远到你骂不到、打不着。

远到你再也看不见我为止。

于是后来有一天，我就离家出走了。

其实离家出走前的那段日子我并没有犯过什么错，也没有和他产生任何冲突，那应该是我整个少年时代里，为数不多的和我父亲平静相处的一段日子。

那时候，他在老家的父亲刚刚过世。爷爷走得很突然，脑出血抢救无效死亡。

我对这个爷爷并没有多少感情，十五年来只见过一次。爷爷去世那天，父亲回了家乡，他带着我和妈妈准备第二次踏上回乡之路。

而我离家出走的计划也终于实现了。

后来的我曾想过，我对父亲做的最残忍的事莫过于此。在他父亲过世的时候，在他满心伤痛的时候，在他觉得最为无助和绝望的时候，我还离家出走，让他痛上加痛。

不过，当时的我怎么会想到这些呢？我只想离开，只想快点再快点，获得自由。

回乡前，我就将自己多年来攒的压岁钱全部找了出来。这是很幸运的一个情况，从小到大他们从不限制我金钱上面的自由，因此也为我的逃跑提供了物质上的帮助。我收拾了一个书包，带的东西很少，我知道，越少越不会引起他们的注意。

我装作和平常一样，出门上课。他却不让我去了，说帮我请假。我拒绝，理由是晚上的火车，可以上半天课。

父亲似乎已经没有心力来深究我的行为了，他挥手同意让我离开。

我就那样出了门，我以为我成功了。十五岁，正是无所顾忌，最为叛逆的和倔强的时候，我买了汽车票，想离开这里一边打工，一边流浪。

那时候的我，看多了游记、看多了小说，便以为这世上的一切都如书中所描绘那般美好而善意，却不知理想与现实的距离。

我离家出走的七日，住宾馆，没找到打工的地方，连洗碗都没人要我。我没意识到生活的艰难，只明白了一个人的无助。

那是炎热的一天，我腹泻到头重脚轻，与我同一间房的姐姐看不过去，便把我送去了医院。

我躺在病房里打点滴，一醒来就借旁人的手机给家里打了电话。

妈妈憔悴的样子通过电话我都能听出来，她似乎没想到我会我就那样出了门，我以为我成功了。

十五岁，正是无所顾忌，最为叛逆的和偏强的时候，我买了汽车票，想离开这里一边打工，一边流浪。

打电话回去，一听到我的声音就立刻尖叫了一声。

她问我："你在哪里？"

我报了地址后就哭了出来，身体的酸软疼痛让我不再倔强，不再勇敢。我惧怕死亡和病痛，也不想就这样一个人孤零零地住在医院里。

父母赶来时已是深夜，我躺在病房里因为一整天没有吃饭，整个人脱水脱得厉害，妈妈一走过来就红了眼睛。

我抱着她哭，她不停地骂我，说我要急死她和我爸，说他们

我得承认，在某个瞬间，我有了一种强烈的报复快感。

几天几夜没睡好，几天几夜在大马路上找我，以为我被人贩子拐跑了。

说我爸急得都快疯了，见人就问有没有见着他女儿。

我抬头，看见父亲就站在病房门前，他抽了一根烟，眼神灰暗，脸色蜡白，整个人仿佛一夜间苍老了数十载。

我得承认，在某个瞬间，我有了一种强烈的报复快感。你现在着急了吧，知道紧张了吧，知道我也是能反抗的。你看，我是多么的幼稚，我甚至没意识到他的紧张和着急其实是因为对我的牵挂和爱，只知道在他焦头烂额之际，窃喜不已。

那天我回去时没力气走不动，他什么也没说就背起了我。我觉得不安，但也不敢主动开口说什么。

小时候，他经常这样背我，在我还没有开始上学，还没有这么倔强、这么叛逆的时候，他是很宠我的。

他会在周末带我去公园放风筝郊游，会带我去灯会，会带我去海边，捡会唱歌的贝壳、会钳人的大虾。

他会在人多的时候将我放在他的肩膀上，会穿越人群将我带回家，就和今天一样。我总觉得他是这个世界上我最恨的人，

但，此刻，当我伏在他的肩膀上的时候，我才恍然大悟：只有这个我最恨的人才能让我觉得心安，让我觉得受到了保护。

我觉得矛盾，一方面我想报复这个男人，另一方面却又想让他保护我。这样向两个方向拉扯的愿望让我分不清，到底什么才是自己想要的东西。

恰巧我也没有充分的时间去厘清这份复杂的感情，因为三日后我们就回到了父亲的家乡。那个时候，爷爷的头七已经过了。父亲是爷爷供大的，他读书结婚的钱都是爷爷给的。

那个在地里劳作了一辈子的男人，用汗水和鲜血供出了一个大学生。

但他死前没看到他的这个儿子。

就连下葬，他这个儿子都没到场。

伯父和姑姑都纷纷斥责父亲。乡村里生活的人，性格淳朴，说话直来直往，他们斥责父亲的言语颇为难听，也颇为尖锐。

"爸就供了你这么一个，他死你都拖着不回来陪着，你真是禽兽不如……"

"你是读过书的人，有了文化就忘本了……"

"我知道你现在有出息了，看不起我们了，这么多年，你回来过几次，你看过爸几次？"

"你孝敬你媳妇娘家去了吧，你媳妇家出什么事，你跑得飞快，你自己亲爸下葬你都不回来搭把手，良心被狗吃了啊！还是怕我们叫你出钱，一点丧葬费就把你人看清了……"

"你不怕爸闭不了眼吗？"

我听到时吓得浑身发抖，我在心里狂喊：不是这样的，不是你们说的那样，我爸是为了找我，为了找这个离家出走的女儿才没来得及回来。我冲过去和父亲一起跪在爷爷的遗像前，刚想开口对伯伯、姑姑解释，父亲就捂住了我的嘴。

"别闹，大人说话哪儿有你这小孩子插嘴的份儿。"他小声说完后就按下了我的头，示意妈妈将我带走。

我知道自己犯了一个大错，他不怪罪我，也不要我替他解释，就好像什么都没发生似的。这太平静了，不是他的脾气，我总觉得不安。

不安地以为要发生什么。

是了，也真的发生了。那天夜里，父亲在老家的房子里坐了

他让我觉得，有他在，我的未来就有了光。

一夜，到半夜的时候，他一个人离开了灵堂。我因为愧疚一整晚
也没有睡着，一听到声响就立刻清醒了过来。

我悄悄地跟在他的身后，夜里风大，山上气温也低，我走着
走着就觉得害怕。上山的路上长满了野草，还有不知名的虫子和
青蛙在低声地叫着，那种萧索的气氛让我无法抑制内心的恐惧和
慌乱。

我走快了几步，声响大了就被父亲发现了，他回头看见我时
好像一点也不意外，只听他低声叹了一口气。然后缓缓地牵住了
我的手，一起走上了山。

我们一路都没有说话，父亲则是熟门熟路地来到一棵树下，
我觉得怪，正准备问，突然发现他跪在了一块石碑前。

我突然明白，那是爷爷的坟。父亲跪下后看了我一眼，我立
刻跟着跪了下去。

父亲这才拿出随身携带的香蜡纸钱，让我跟着一起在爷爷坟
前烧了起来。

"你爷爷这辈子没享什么福，他喜欢清静，听你大伯说，这
地儿是他自己选的……"父亲抹了一把脸，"我去隔壁镇上念高
中的时候，他就站在这棵树下面送我，我走老远了，回头都还可

以看到他……"

父亲没有说下去，他像是陷入了回忆里面，眼神涣散，没有焦点。纸钱燃烧过程中的火焰熏烤得我脸颊发烫，我抹了一把脸，才发现自己脸上有了水意。

爷爷在生前没有见到父亲，但他一定是想见的，他把墓地定在这棵槐树下，就是想着等儿子来上坟祭拜后，自己还能目送着他远去吧……

我错了，我不是故意的，但我自私的行为已经造成了父亲的遗憾，是我耽误了他。生离死别，他却没有见到爷爷最后一面，没有送他入土，更没有亲手为他撒上一把土。

我知道他难受，我看见他挨大伯训的时候心里也特别难受。我一遍遍地认错，这些年每当我挨打的时候我都会讨饶认错，但绝对没有哪一刻像现在这样真诚。

爸爸，我错了。

爸爸，对不起。

该挨伯伯、姑姑训的人明明是我才对。

父亲听我说完，只拍了拍我的肩膀让我别在意。他说，他是我爸爸，所以替我挨什么都是理所应当的，不管我做错什么，他都会原谅我。

因为他是我的父亲。

我无法克制自己内心涌动的情感，那段时间只要一看见父亲迷茫空洞的模样，我就觉得有人在用刀狠狠地剜着我的心，我以为自己是恨他的，却不知我也是深深地爱着他。

骨肉连心的情感在某个瞬间爆发性地增长，我失控地大哭，那些幼稚，那些对他的不满，还有那些所谓的报复心思在感恩面前，是如此的渺小而不经事。

我想，那个时候我是崇敬他的，因为他高大，因为他用尽心力地维护我，也因为他给我撑起了一片天。

他让我觉得有他在，我的未来就有了光。

有妈的孩子是个宝

她是一个很温柔的女人，和我父亲的性格截然相反。

她温柔、细心而且豁达开朗，她愿意而且喜欢与我沟通、交流任何微不足道的琐事。

她的人际关系极好，嘴角经常带着几分笑意，不知不觉就让人愿意亲近。我是极为羡慕她的，我的性格像父亲，锋芒毕露，又容不得人。每每听到有人称赞母亲性格好，我就有想要去模仿学习她的冲动。

可惜，冲动始终成不了习惯。

我还是横冲直撞，还是桀骜不驯。

年少时我和父亲一起争执，母亲就会出来调和。她在父亲面前为我说话，抹平父亲对我的不满与失望；又在我面前说父亲的艰辛，说他工作辛苦，说他其实是因为爱护我才会这样严格要求。

母亲总说，孩子，这世上最爱你的人，必然是我和你爸爸，其他任何人，对你的心都不会比我们更真了。

我知道她说的是事实，爷爷丧事以后，我就再也没有自以为是地恨过父亲，可就在我和父亲的关系慢慢开始缓解的时候，我又和母亲起了争端。

原因，还是学习。

那是迄今为止，我最难过也最羞耻的事情，尽管妈妈从来不觉得有什么，可我还是难以忘怀。

我在学习上天分不高，即使花尽心思也没有多大成效，但我一直知道，我不可能不读书。父母曾多次说过，在这个社会，没有文凭便一事无成。

父亲说，他吃过的盐比我吃过的米还多，他说的道理也是他长久以来累积的经验，并不是在跟我开玩笑。

我自己也明白文凭的重要性，但我给自己定的目标不高，只想在本地的高中做一个美术特长生，考上一所普通的大学足矣。

可母亲不这么认为。

她被我父亲说动，竟然开始觉得我是个读书的坯子，这是多么可笑的一件事。但他们不觉得，她开始孜孜不倦地教诲我，告诉我高中学习的重要性，向我描述大学的美好，顺带规划了我的人生。

那的确是让人羡慕的生活，铁饭碗，只要我不犯错，这一辈子就不会失业。但那时的我不喜欢，我的理想是成为一名画家、一名作者、一名摄影家，行走在大山大河间，获得灵感，创造出属于自己的作品。

那是第一次，我和妈妈产生了前所未有的争执。我觉得她太可怕了，居然想定夺我以后的人生，剥夺我的兴趣爱好，改变我的未来。

我不甘心，与她一次又一次地争吵，我做梦都想证明按照自己的想法走，我一样会过得很好。可我势单力薄，无法说服两个大人，便只能消极抵抗。

我在中考时出了一个大的失误，英语阅读的最后两个题目我都没做，就这样交了卷。其实我的成绩一直是属于中等偏下的，上本地高中完全没有问题，但离我妈妈选择的学校就差多了。

再加上我少做了两道大题，离那所学校的录取分数线就更远了。

我以为这样做的结果就是爸妈会顺了我的意，但现实截然相反。分数下来那天，我看到父母眼中的失望，我出口安慰却被母亲打断了。

她对我说："过几天，我们要去见你舅爷爷。"

我听到母亲的话时非常诧异。我们家有好多年没有和舅爷爷来往了吧，自从本地开始拆迁补偿款，我家和舅爷爷一家就早已撕破了脸。

外婆每每说起这事，就会埋怨自己的三个儿女，埋怨他们不该瞒着自己做决定，不该把钱分得如此清楚。

我的两个舅舅也不服气，总是和外婆为此争吵，舅舅总说他们是按照遗嘱办事。外婆的父亲离世前有两处房产，儿女一人一处。等到拆迁下来后，才发现外婆的房子修商业区自然补偿款要多些，而舅爷爷的房子则是因修建公共设施，补偿款少了很多。

于是舅爷爷的儿子便提出了将两处补偿款合并均分的想法，我两个舅舅自是不从。两家人一说起此事就言辞激烈，直到最后老死不相往来。

外婆到现在都对此事耿耿于怀，她年纪大了，并不重视享乐，比起钱，她更在乎情。但她的两个儿子的行为让她的哥哥对她恨之入骨，她只能无奈，只能怅然。

曾经相濡以沫，在饥荒年代曾经共食一碗饭的兄长到如今竟连陌路之人都不如，让她如何不失落，如何不偷偷落泪。

我一直知道这件事，所以才对母亲说要去见舅爷爷的想法十分意外。母亲很快告诉了我答案，"你舅爷爷的儿媳妇在×一中教书。你那个分数差得太远了，我们找其他认识的人都帮不上忙，只能去托托她看了。"

舅爷爷的儿媳妇，分数差得太远，托一托她。

我一听到这几个词立刻火冒三丈，只是念高中罢了，真的有那个必要吗？

真的必须去那所学校吗？

只有那所学校才会考上大学吗？

为什么要去求人？

母亲向我解释，她显得从容而淡然，她对我说：×一中是最好的高中，你去了以后一定会考上一所好大学的。

我对此嗤之以鼻，但无论我怎么说怎么表态，她都置之不理。没隔多久，她就带我去见了一次舅爷爷。

那是一次不愉快的见面，对方的语气里全是咄咄逼人，全是冷嘲热讽。舅爷爷的儿子、媳妇都纷纷表示不再视我们为亲人，所以我读书的事情与他们无关。

这次会面不欢而散。

我心里是庆幸的，我甚至以为经过这件事情，母亲就会放弃，一直到那天爸爸对她说："不行的话，就给你舅舅家送点红包吧！"

走在路上时，我积极反抗，一路静默的母亲突然喝止我：
"你别胡闹，如果你成绩好点，我和你爸至于到处求人吗？"

她说得对，如果我成绩好，他们何必到处奔波，何必三番五次地约着舅爷爷一家见面。

第二次会面，母亲的态度比起第一次已经转变了很多，同样的餐馆，同样的人，但人的心思相差甚远。

上一次的母亲是恭敬且从容的，对长辈的尊敬，对舅爷爷的儿子、媳妇尊重，友好。

这一次呢，她变了，她脸上的笑容变得虚假，变得逢迎，变得小心翼翼。

舅爷爷一家无论说了什么，母亲都义无反顾地受了，代替我两个舅舅被骂得体无完肤。那根本不是亲人之间的埋怨，那是尖酸的、刻薄的甚至伤人自尊的指责与辱骂。那些语言几乎让我母亲流下了眼泪。

我坐在一边看着她，不理解为何我们要来受这样的侮辱，就在我想大吼大叫、拉起她转身离去的时候，母亲又抬起了头。

她眼中的泪水已不见踪迹，若不是她微红的眼眶，我几乎要怀疑刚刚发生的一切都是自己的幻觉。

母亲笑了，当着舅爷爷和我们所有人的面，那笑容是讨好的，是谦卑的，是委屈的，也是无奈的。

我看见她给舅爷爷一家人递红包，看见她对席桌上的每一个人都小心翼翼，听见她一次又一次开口求他们。

她说，她只有我一个女儿，她想让我读个好大学，她想让我往后的路平安顺利，不为生计发愁。我就那样看着她，看着她一次次地开口，看着她一次次咬紧嘴唇再一次次咽下自己的眼泪。这样难堪，这样无力，而这种感觉一直维持到我高中毕业才终于结束。

那是我第一次看到这样的母亲，即使她极力掩饰，我还是看清了她的疲惫和无助。我不敢开口劝慰，也不敢开口埋怨，就算我知道这一切非我所想、非我所愿，我也不能说出任何再伤她心的话。

我最终只能漠然地低下头看着自己的脚尖，装作什么也没发生一样，和她慢慢步行回家。

后来，我终于还是进了那所高中，那所让很多人羡慕的国家重点。我顶着巨大的压力，累死累活地，像只狗一样在里面读书。

那是我最为黑暗的一段日子，我的脑子并不好用，学习费力，跟不上同学的进度，为了勉强保持中上成绩而煞费苦心。

母亲明白我的艰苦，她安抚我，一次又一次地鼓励我。父亲虽不理解，但也尽量避免和我发生摩擦。

我知道，他们在让我，但我在那样的逆境和压力中，已经变得歇斯底里，性格暴躁。

而这暴躁也终于伤到了那个对我一直微笑的女人。

那是我高考前的最后一次假期了，学校给我们放了假，让我们好好休息，调整状态。我回了家，但还是觉得自己的精神状态极为不佳。

母亲在晚饭后带我去出去散步，炎热的夏季，只有江水两侧才稍微让人觉得凉爽了些，我挽着母亲慢慢走着。

那时候，她已经有美尼尔氏综合征，人一多，她就有点分不清方向。我本不愿意出来，但看到她跃跃欲试的神情，实在不忍心拒绝。

我尽量选了人少的地方，一路沿着河堤慢慢走，途中遇见了几个熟人，妈妈都热情地打了招呼。

这三年的高中时期，我都很少回家，妈妈的熟人有很多都已经认不出我，她们客气地说："呀，你长高了好多，上次见，你才这么高……"

说完还比了比高度，那样的高度是多久以前了呢。

连我自己都忘记了。

母亲倒是记得清楚，她拍了拍我的手臂，告诉我："你上次跟你阿姨见面的时候才念初中……"

阿姨也笑，然后感叹了时光的流逝，她说："是啊，好快啊，一转眼，你就要读大学了吧！"

对于那时的我来说，这个话题极为敏感，就如同一个地雷，踩中就会爆炸。我根本不愿意与人讨论，因为稍不注意，我就会失控。

阿姨和我妈就这个话题开始聊了起来，我沉了脸色，走到一边，仿佛什么都没听到一般一点不留情面，无论她们问起什么我都装作没听到。

那位阿姨很快就觉得有些尴尬，隔了一会儿便借故远去。

她走后我依然保持冷脸，母亲也没了散步的兴致，任我扶了她回去。

一回家，她便开始指责我的漫不经心和傲慢无礼，她说我一点也不会尊重人，一点也不顾及她的想法，一点也不让她好过。

我听到这句话，心里的火气轰地一下被点燃，我不让你好过吗？

如果不是为了让你好过，我会去那个学校读书吗？

我会现在变成这样，为了一次考试就急得吃不下睡不着，你去问问，现在认识我的人谁不说我像个吸毒犯一样瘦得不成人形？

而你呢，你觉得一切都是应该的。

为了你给我勾画的前途，为了达成你的想法，为了你在人前有面子，你见人就说，你有一个读×一中的女儿，有一个可能会考上重点大学的女儿……

你说我没想过你的感受，那你想过我的吗？

每次你一跟别人介绍我在哪里上学，我就紧张得不行，我成绩不好，那名额也是你差点跪在地上求人买来的，我都不知道你到底在显摆什么……

我那些蓄谋已久的、尖酸刻薄的话语还没说完，我妈就打了我一耳光。

那是她从小到大第一次打我，明明是她打了我，但她却表现那一系列事情发生得很快，快得我根本来不及伸手去拉她。

得比我还难过，那双美丽的眼里满满的都是泪水，而那总是挂着温柔表情的脸上则全是慌乱和震惊。

或许还有绝望吧！

是啊，她怎么会不绝望呢？

她唯一的、一度引以为傲的女儿居然这样毫不留情地，用这世界上最伤人的话语来指责她。

说她爱慕虚荣，说她从不顾及别人的感受。

　　母亲哭了，她没有啜泣出声，只是默默地流着眼泪。那些晶莹的、透明的水滴从她的眼角滑落在脸颊，带出一行行水渍，最后落入颈间或者砸落在地面。

　　我立刻就后悔了，为自己的冲动和刻薄万分后悔。

　　但我不知道该如何挽救，只能站在那里，无力地等待着。

　　其实，我究竟想要等到什么，怕是自己也不清楚。

　　母亲喘着粗气，一下又一下地打嗝。我看见她全身发抖，看见她喘不上气，看见她倒在了我面前。

　　那一系列事情发生得很快，快得我根本来不及伸手去拉她。

　　我吓坏了，她倒地的那一瞬间，我几乎觉得天空在我面前崩裂开来。我叫她，我一遍一遍摇晃她的身体，乱七八糟地做着急救，一次次地催着救护车……

　　我总是这样，不断犯错，不断伤害自己的父母，让他们伤心，让他们绝望，让他们流泪，我恨这样的自己，但又找不到任何办法去突破、去改变。

　　母亲最后是在医院醒来的，父亲知道始末后并没有责备我，他只是叹气，沉默地叹气。我又让他失望了，这几年我并没有成长，我还是那个冲动的、幼稚的、不管不顾、不为他人着想的坏女孩。

我不敢待在医院，我怕看到他们失望的眼神，我怕那样的沉默，更怕他们小心翼翼的表情。

我们就这样进入了冷战的阶段，没有一个人开口打破沉默，直到母亲出院前，她才打破了这可怕的寂静。

"你还在怨我吗？"母亲问我。

我摇头，其实我不怨她，我真的不怨，我知道她所有的出发点都是想让我好，想让我出人头地，想让我一帆风顺，虽然我心底里不愿意，但我从来不怨她。

"你怨我就怨我吧，妈妈并不是故意的，妈妈只是觉得你这样的性格并不适合做一些颠沛流离的工作。你是个女孩子，我希望你平顺，你爸爸希望你能去开开眼界，去看看我和他都没见过的世界，体会一下我和他都没经历过的生活。"

我沉默，这些道理我都懂，但是我排斥它的靠近。

"我知道这几年你的压力很大，你觉得我为你丢了自尊，你觉得我去求你舅爷爷这件事情很丢人，你觉得我用了钱也用了精力才终于把你送进了那所学校，你怕我和你爸爸对你失望，怕我们觉得不值……

"可是，怎么会呢？

"妞妞，你怎么会这么想呢？

"你是我和你爸爸唯一的女儿，我们为你做任何事情都是应该的，都是心甘情愿的。我从来不觉得为了你去找人去求人会丢了脸面，我也从来不觉得你让我失望了，因为你从来都是我的骄傲。

"你说我显摆，是啊，我的确在显摆，但我不是在显摆你在哪里读书，我显摆的，是我有一个这么懂事、这么心疼我、这么可爱的女儿。

"这本身就是一件让人骄傲的事情，本身就已经足够我给别人炫耀了。"

母亲累极了，她话一说完就不停地喘着粗气，她消瘦的身体轻轻地打着战。我紧紧地抱着她，一遍又一遍地认错。

我怕失去她，我怕她对我失望。

这种恐惧足以让我所有的暴躁崩溃到消失不见。

这世上还有什么比她更重要吗？

没有的，一定没有的吧！

我爱她胜过我的生命，胜过我的一切，我相信她也如此。

我曾与她融为一体，我在她的身体里成长了十个月，我是这世界上与她最亲的人，她为有我这样一个女儿骄傲，我也为有她这样一个母亲骄傲不已。

母亲还是那样温柔，她轻轻抚过我的头发，安抚着我的情绪，让我不要伤心，不要急躁，直到我终于平静下来。

我想，天下所有的父母应该都和我父母一样，哪怕我误解了他们，哪怕他们为我丢掉自尊，哪怕他们为我花尽心血和金钱，他们也觉得心甘情愿。

因为我在他们的世界里，就已经是全部了。

天下的父母都如此，对他们的孩子温柔，满足孩子提出的一切要求，设想孩子可能经历的一切，然后像是得了被害妄想症一样忧心各种各样的意外与困境。

他们会想尽一切办法为自己的孩子排忧解难，他们会帮自己的孩子做出最好的选择，哪怕你并不领情，哪怕你指责了他们，哪怕你因此和他们大吵大闹。

但，事实总会证明他们是对的。

不要怀疑，这一切，只因为他们的动机源于对你的爱。

我要我们在一起

其实我已经忘记我多久没有好好陪他们说过话了，从我开始工作，就再也没有了可以恣意挥霍的长假，因为工作单位的原因，我们总是聚少离多。

他们从不抱怨，也不告诉我他们的不顺。

父母亲越来越老，我也越来越成熟。四季轮回交替的过程中我却没来得及观察过他们的变化，因为那变化太缓慢，也太过悄然无声，等我发现却为时已晚。

年少时，父亲是我世界里的光，母亲是我世界里最温柔的依靠，不知不觉中，这样的关系就改变了。他们开始迁就我，开始顺应我的意思，开始对我小心翼翼，因为想在无形中增加我对家的眷恋，对他们的想念。

最好，让我多回几次家，让我多陪陪他们。

时光流逝间，爸爸的头发已经满是花白，妈妈眼角的皱纹又多添了几条，我一注意到便紧张不已。我开始买大量的化妆品给母亲，想留住她的美丽；我开始陪父亲散步，想排解他对生活的焦躁苦闷。

可我能陪伴他们的时间太少太少，我能改变的东西也是少之又少。

在岁月面前，人的力量总是显得过于卑微。

又是盛夏，时间再次向我展示了它的能力，它残忍又无情地夺走了我的外公，妈妈的头发在一夜间又白了不少。

我越来越担心母亲的状态，这些日子以来，她总是一个人默默地流泪，总是看着外公的遗物发呆。她对我说，那是最疼爱她的男人，像父亲对我一样。

满心都是宠爱，都是疼惜。

她指着一条老路对我说："那个时候啊，这里有座山，我在在岁月面前，人的力量总是显得过于卑微。

山的那一面读书，但家却在山这边……你外公每天就牵着我，送我去学校，我不想走，就撒娇要他背，你别看他有两个儿子，其实他最疼的是我这个女儿呢！"

母亲只有在说起往事时才会面露微笑，只要一回到现实，她又会偷偷地落泪，我一发现，她就安慰我："你别担心，我就是有点伤心……再过一会儿，就好了。"

我知道这不会是真的，但我还是害怕她会失去对生活的希望。我开始守着她，时不时就打电话给她，问她做了什么，吃了什么。

父亲开玩笑说：好像母亲才是不经事的孩子，你成了家长。

他说得不经意，但我的内心触动很大，这便是一个循环，一个始终逃不出、此消彼长的循环。

我们在幼年时代受父母照料，到老时来照料父母，一切顺理成章却又让人绝望和无奈。

因为任何人都会老去，因为任何人都没办法留住时间。

责任和义务在时间流逝的过程中不断转换着位置，我们无法控制，也不能逃离。

在这转换的过程中，我们必然会有怒气，会有不耐，会有争端，但是当一切归于平静时，你会发现那些往日存在过的回忆从未远去，那些温暖和爱永远在你心间。只要你愿意，就会发现那个人要么在你身前，要么在你身后。

带领你，或者被你带领着，缓缓地向前走着。

等待

文/乔迦

作者简介：
写手。策划人。做过各类工作，走过大多城市，
一路寻找，一路丢弃，为了遇见新的自己。

　　力不从心，这就是苍老。
　　以为迈出了一大步，结果落到地上，是那么一点点距离；以为腿抬得很高，其实也不过离地面一点点。
　　每个人都会老去，如果我们觉得自己面对生活很硬气，那只能说明我们还年轻。

你仔细想过关于"等待"这件事吗？

当你在这个世界上生活了很长一段时间，循环往复经历了一些事情，也许你会发现，每个人的命运是早已埋下伏笔的，我们终生将完成一个早已注定的使命。

对我而言，我终于承认，"等待"这个词就是我的宿命，即便它曾让我一度恐慌，甚至直到现在也偶尔会让我心神不宁。

自我记事开始，我的童年就是在等待中度过的。那时父母在外地经商，一年不过回来几次，每次相聚都很短暂，最长的周期要数年关。像今天一样，中国人在乎春节，在乎合家团圆，所以，年底的假期总是尤其长。那时对我来说，与父母相处时间最久的便要数年关将至那半个月左右。

而其余时间则用来等待，等待母亲偶尔回来探望我。

以及，与爷爷奶奶一起生活。

其实，与隔代人生活在一起，是件很幸运的事，有句话叫"隔代亲"说的就是这个道理。老人不像父母那么苛刻，尤其父母常年不在身边，爷爷奶奶更是怕我生病上火，所以，几乎所有事情都依着我。

我无法告知你，爷爷奶奶他们是什么样的人，因为感情是极为私密的事情，它只与当事者相关。他难以像小说中的人物，使人铭记赞叹。那些血肉，都是成长中点滴陪伴的小细节，以至于我不能像讲故事一样传达给你。

我记得去年夏天牙痛得彻夜不眠，然后在网上看蒋雯丽执导的《我们天上见》，讲的是她和她姥爷的故事。但对我来说，那些事情，几乎都是发生在我和爷爷之间的，我对姥爷几乎没有印象。在我不到两岁时，姥爷就去世了。姥爷也是我生命中，第一个离开的关系亲近的人，但这对我来说，只是一个客观事件，因

为，你没有交付情感，就不能称之为失去。

所以，我的成长几乎都是由爷爷奶奶陪着。尤其是爷爷，因为他脾气好，是老好人，所以无论是父亲这一辈人还是我们这一代，都与他较亲近。据说，我刚会开口叫人时，叫的第一个人便是爷爷，可见我们这一生缘分不浅。

去年五月的时候，我辞掉工作，回小镇陪爷爷奶奶住了一段时间。因为那段时间工作压力大，整个人状态不够好，再加上听家人说爷爷整夜咳嗽差点进了医院，而且中间还昏厥几次。于是，我当时决意辞掉工作回去陪爷爷奶奶小住一段时间，因为我很清楚对我来说什么才是最重要的。

就这样，我在小镇陪爷爷奶奶住了两个月，开始从细节点滴了解老年人的生活。

因为是从乡下搬到小镇的，爷爷奶奶这么多年仍然保持着在乡下时的作息习惯，早上起得很早，七点钟就能吃早饭，收拾完后爷爷去公园遛弯儿，奶奶去集市找人聊天。

其实，我一直觉得卖掉乡下的院子是个遗憾，那里有我们一大家人太多的记忆，至少，对我来说它非常重要。

天气渐暖的时候，园子里已经育了苗圃。爷爷早早就起来给苗圃浇水，还有院子里的各种花，我便也早早起来，但捣乱地不让水流好好地淌，而是拿起水管向园里喷去。水花在晨光里异常清亮，然后便招来爷爷骂，因为他就站在水花里，我便牵着水管笑个不停。我后来想，也许我喜欢早起，以及喜欢各种花草，喜欢田园生活便是从那时候开始的。童年在乡下的生活，是自然种在我生命之初的一粒种子。

我小时候帮爷爷种过芸豆，也帮爷爷挖过土豆和花生，在那之前，我从不知道土豆和花生是长在地底下的。我想到，现在还有很多人也不知道。事实上，我一直很怀念小时候住在乡下的日子，等到需要把稻苗移植到田里的时候，我便跟着去凑热闹，然后用罐头瓶子抓一些蝌蚪回来。几场雨过后，蝌蚪变成长相奇怪的青蛙，于是再把它们放到奶奶家院子里。如果你有在乡下生活的经验，就会知道每到盛夏蛙声就连成一片，响亮得很。其实在城里也是如此，只要盛夏雨水丰满，小区里总是有此起彼伏的蛙声，只是我们很少注意到。

鲁迅先生写道"在我的后园，可以看见墙外有两株树，一株

就算

到现在，

爷爷也不一定

知道那花叫曼殊沙华。

是枣树，还有一株也是枣树。"但在爷爷家的后园，只有一棵枣树，长了好多年，好像从我记事起它就在那里。我已经忘记它结的枣子多不多，够不够脆，只是喜欢枣子成熟时拿着竹竿噼里啪啦乱打一气。

那时候，我的乐趣就是整日围着爷爷转，只要不去上学，只要不是出门跟伙伴玩，几乎就像跟屁虫一样整日黏着爷爷。也有冲突的时候，祖孙俩就相互较劲，谁也不先说话，但我有自己的办法，就是围着他原地转圈，转得他眼晕，或者他怕我再转下去会自行晕掉，于是放下手里的活计开口跟我说话，并且每次都作为补偿给我钱让我去买零食，此招屡试不爽。

枣树下面是爷爷种的花，现在想来洋气得很，竟然就是传说中的曼殊沙华，但那时候不知道它叫这个，就算到现在，爷爷也不一定知道那花叫曼殊沙华。他怎么知道自己种的花，就是被那么多文青写在小说或歌词里的那种貌似神秘的花呢？就像是过了很多年后，在南方某个小城的雨天里，我才知道夹竹桃原来就是爷爷家门口种的那两盆花。生活和文艺作品并不在一处，在最初的时候，我们认为文艺是件多高尚的事，但终有一天，你会明白，生活有其本身的光彩和艺术，丝毫不需要用文艺来装点。就像多年以后的今天，我试图亲自种一些凤仙花，然后像小时候那样染指甲。但那并不容易，需要有叶子，还需要明矾，而这些，对于我们今天的人来说，都已非常陌生——那是祖辈人的手艺，那是奶奶的艺术。

虽然身为一个东北人，但我一直对二人转这种艺术嗤之以鼻，丝毫不能欣赏，而爷爷奶奶喜欢得很，所以，每天傍晚都是他们的二人转时间。电视放得很大声，然后某一日我突然好似明

白了一点他们为什么喜欢这个东西。事实上，二人转除了是东北口音，并不像其他剧种一样使用方言，所以，大家都听得懂，这对不识字的人来说尤其重要。倘若是豫剧或越剧，你若不识字幕，几乎很难听明白，而且就算是识字，老年人看字幕也是件很吃力的事情。而且，传统二人转的节奏都不算快，哼哼呀呀一句话拖得很长，这样老年人听起来也不吃力。再有内容大多是人伦之情，尤其是母慈子孝一类，这些都是老年人喜闻乐见的东西。

记得刘墉先生说过一句话：如果有人跟你说话很大声，你不要生气，因为有可能是这个人本身听力不好；如果有人跟你讲话时有口气，你不要嫌弃，有可能他不是不讲卫生，而是肠胃不好。我们也一直有"老吾老以及人之老"之说，只是，当老人的这些现象真的出现在我们面前的时候，我们是否真的留心察觉到？

有一次，表妹随口跟我说姑姑连碗都洗不干净了，我说那是因为她的眼睛已经开始花了，说完我们两个人站在厨房里沉默了半天。苍老从来都不是一瞬间的事，不是一个人需要手杖的时候才标志着他开始苍老。

有一天我跟着爷爷去公园，那天风很大，我看着爷爷在风中走得很吃力，膝盖弯曲，上身前倾，脖子努力向前探，我在旁边瞬间湿了眼睛。在这个世界上，无论对于人还是其他生物，苍老都是如此吃力的事情。

如果你不曾想象过苍老的感受，你可以将近视镜摘掉，你就会发现这个世界瞬间变得力不从心。

力不从心，这就是苍老。

以为迈出了一大步，结果落到地上，是那么一点点距离；以为腿抬得很高，其实也不过离地面一点点。

每个人都会老去，如果我们觉得自己面对生活很硬气，那只能说明我们还年轻。

龙应台在《目送》中写自己的母亲不认得自己，写朋友的母亲只认得钱，写那么多老人到最后只相信穿制服的警察而不认得自己的儿女。

我们总是觉得老人要颐养天年，要安心喜乐地度日，但身为人类的不安全感，从不会因为一个人的苍老而减少，只能加重而已。所以，老人都怕生病，又都怕死。

外婆去世的时候，我在南方，没有回来，直到今年外婆已经去世快六年，但她的墓，我至今没有去过。由于自小由爷爷奶奶带大，所以与外婆关系并不算亲近，等到后来外婆到我家生活时，我已常年在外读书，很少回家。所以，我与外婆接触并不多。外婆一生朴素节俭，而且非常干净，会将家中抹布洗得如手帕一般。外婆生性隐忍，话不多，早年与奶奶起冲突，都是被奶奶指着骂躲到房间里哭的一方。所以，外婆走后，常被家中人念起，都说外婆一生辛苦，是个很好的人。

我那时在南方的仲夏里，梦见外婆指责我不去她的坟上拜祭。其实对于生死之事，我只是有我自己的念想，死去的人并不等于消失，也不等于失去。只要那个人还住在你心上，在你的记忆里，他就从未离开。

随着年岁渐长，看着爷爷奶奶日渐苍老，甚至包括父辈亲人，我知道，终有一天会有人离开，没人能例外，包括我自己。所以，眼下能做的，便是珍惜在一起的时光，让身边的人开心，好好善待他们。

而关于这些，我们从难以接受到心生领悟需要多少时间？记得小时候，每有乡邻去世，我都要跟着哭一场，就是因为害怕有一天爷爷也这样离开我。那时太过赖着爷爷，以至他总跟我说：

"要是有一天我死了，你赖谁去？"我便一边哭一边嚷："你要是死了，我也不活了。"现在想来，都是傻话，但那时真真切切就这样想。孩童对于大人的依赖，总是浓重得超出我们的想象，以至我长大一些之后，总是恨恨地想，终有一天，这关系会置换过来，不再是我来恳求母亲多陪我几天吧，不再是我在电话里可怜巴巴地问："你能不能回来看我？"后来，时间的脚本翻了一下，一切就都成真了。

父母从远方回了故乡，而孩童长大，从故乡走向远方。

一代又一代人，皆是如此。

直到某一年，父亲劝我从广州回北方时，我竟有些恍惚。他跟我说："回北方吧，离家近些，爸爸妈妈年纪大了，不希望你走那么远。"我瞬间才意识到原来他们真的开始老了，纵使当年再走南闯北意气风发，终有一天，要落到儿女身边方能踏实。

而曾被我设想过无数次的这一切成真的时候，当我们的角色对调之后，当留守的人变成他们，出走的人变成我，当他们变成需求者，而我变成决定者的时候，我并未感到一丝喜悦，而是瞬间被更大的无力感击中。如果可以，如果他们可以一直保持年轻力壮，我情愿接受他们一直四海漂流，由我来留守等待。

但这些，通通不能交换，不是吗？

作为一个写作者，每个人都希望用自己的方式将自己生命中重要的人和事记录下来，所以，在某一段时间，我甚至想为爷爷写本书，甚至起好了书名。

那时我问爷爷很多旧事，然后发现我们如此陌生。在我截至目前的短暂生命里，他贯穿始终，而在他的生命中，我只是半路参与进来，同行了很短的一段路程。我很难将自己的生命轴线与他做同位比较，很难想象一个男人在五十岁左右时迎来自己的孙辈是怎样的心情。

我听着他孤儿般的成长过程，如同听一个遥远的故事。而他被打成"右派"饱受折磨的那个时代，对我来说也如此陌生。

以至，我无从下笔，因为我发现我对他完全不了解，我们相差的半个世纪让我们如此陌生。

那时我跟他说，我想写本书给你。他说你写我干吗，我又不是将军元帅，又不是领导人。他不知道，在当下这个时代，每个人都恨不得给自己写书立传，每个人都急着记录自己。而作为爷爷的那一代人，他们朴朴实实地从不认为作为一个小人物，作为一个普通人也可以被书写。

　　爷爷不是将军，不是元帅，也不是红军，即便我小时候唱的最多的就是那首"爷爷是个老红军呀，爷爷待我亲又亲呀……"。他想去参军跟着部队走的时候，因为视力问题人家没要他。这可能是我们家隔代遗传的一个毛病，就是有一只眼睛视力很弱，轮到我这儿是右眼睛。

　　想起《大江大海》里，龙应台写那么多少年去参军就是为了有饭吃，我问爷爷是不是也为这个，爷爷说是。我想，还是终该庆幸，那么多人当年再没转身回来，如果当时爷爷真的跟部队走了，后来的事便会全部不同，我也许就不会和他相遇。

　　前两日周末给奶奶打电话，奶奶说一切都好，不用担心，又说天气暖了，她和爷爷每天都坚持出去锻炼，她说现在真是不敢生病，生病就成了儿女的累赘。我听得心中不是滋味。奶奶又再三叮嘱，要是有时间一定要回去看他们。对于老人，日子是用来数的，数一数还有几天就会有儿孙回来。只是，奶奶这一代人家中尚有几个孩子，而等到我们这代人老的时候，怕是连数日子都是奢侈。

前几日在微博上看到一句话，大意是：只要这个世界上还有你爱的人，你就做不到真正洒脱。

我想，命运将那些至亲至爱的人推到你身边，无论是悲是喜、是福是祸，终是缘分。

在这个偌大的世界里，我们有人可等，或有人在等待我们，终是幸运。